グレーの時代

ERA OF GRAY

3・11から1・17へ

楠見朋彦

短歌研究社

目次

Ⅰ　詩歌の庭

—光—

Ⅱ　旅と書物

—奔—

―駆―

―書―

Ⅲ　閉じられないままの括弧

―声―

―悼―

グレーの時代

3・11から1・17へ

装幀　楠見勇夫

I 詩歌の庭

風景が奪われるのは、からだの一部が奪われるようなものだ。

「小鳥の母」(「文學界」二〇〇五年六月号)

―光―
四季と恋のゆくえ

半年のうちに世相は変わっただろうか。

灰色の波が音もなく町を浸して、すっかりグレー一色になってゆく――二年前、私は東京新聞のエッセー欄にそのようなヴィジョンが見えると書いた（「グレー一色」）。いくら停滞感があるとはいえ、少し悲観的過ぎるかとも思っていたが、さて現在はどうだろう。においも味もなく、そもそも目に見えない放射能の波はグレーですらない。震災当初はよく引き合いに出された阪神淡路大震災の文字もいつの間にか消えた。神戸はとうに復興したことになっているらしい。あちこちにある草ぼうぼうの空き地も、失業者の群も、災害のあとに何がやって来るかを語る言葉も、インフラや人口数の回復といった形の上での整頓と落ち着きによって、改めて問われることがない。

その関西でも四月下旬には募金の呼びかけが下火になり、ゴールデンウィークともなると何事もなかったかのように繁華街が賑わった。

少なからぬ著名人が反省文を書いた。それにもだんだん飽いた。老人は貧乏な時代に戻るが我慢しようと呼びかける。すぐには無理だろう。足りないものを他人から奪うことまでは起こらぬにしても、生活用品や食べるものがいずれ無くなるのであれば、無くなるまではぐずぐずと今まで通りの生活を続けるのが大方の処世ではないか。少なくとも（ひどい話であるが）、一時に大量の急病患者が出る事でもなければひとはなかなか本気で動かない（数秒だけ鳥インフルエンザ禍を思い出す）。

誰もが省エネと口にしだすと、なるほど「贅沢は素敵」だ。毎日何度も目にする各所に貼られた節電という文句は、「テロ警戒中」の札を思わせる。

思い屈した私は、千百年程前にまとめられた『古今和歌集』を開く。集を成立させた地域や時代はもちろん限定されているけれども、その後長いあいだ四季と恋の歌い方の手本となった。詞の華は幾多の戦乱を生き延びた。

雪のうちに春は来にけり鶯のこほれる涙今やとくらむ　（春）
五月待つ花橘の香をかげば昔の人の袖の香ぞする　（夏）

梅が咲き、桜が散り、春霞が晴れるとやがて初夏を告げるほととぎすが鳴く。こんな時代に詩歌が何の役に立つのか。そういう問いに対しては、役に立たない、と答えるしかない。四季を愛でるには心のゆとりがいる。三月以前においても、特に若者にとって、ゆとりや安心を得やすい社会ではなかった。そして今、言葉が届かないほどうちひしがれた人間にとっては、衣食住の保障とひとのつながりを失わないことが将来設計の大前提となる。

どんな生活の上にも五月雨が過ぎ、虫の音がすだく。野にはいつしか花があふれ、月が冴える。野山は紅葉の彩りを経て雪化粧をする。

秋来ぬと目にはさやかに見えねども風の音にぞおどろかれぬる　（秋）
み吉野の山の白雪つもるらしふるさと寒くなりまさるなり　（冬）

月日は経めぐる。古今集では、四季に続いて、別れや旅という部立が設けられる。もっともヴォリュームがあるのは恋の歌であった。五巻分の身を焦がす歌がひしめく。

うたたねに恋しき人を見てしより夢てふものはたのみそめてき　（恋）
有明のつれなく見えし別れよりあかつきばかり憂きものはなし　（恋）

ひとの生きるところ、恋も芽生える。悲恋であっても、それを詠んだ歌はひとを成長させる。さしあたって実生活には無用の歌でも、精神の糧となる日も来よう。

私たちはすでに、目に映る自然が、決して見た目ほど清浄ではないことを知ってしまった。美しい言葉をもって語られる四季や恋は、すべてヴァーチャルにしか存在し得ないものへと完全に変質してしまったのだろうか。そうは思いたくない。私は皮肉を言っているのではない。あるだけのかなしみをこめて書いている。

グレー一色

仕舞《しも》た屋が急速に増えている。

ガラス戸の内側が白い幕や板で隠されているのはまだ穏やかだが、ベニヤ板で入り口がふさがれたり、工事のときに使われるような車止めで駐車場が囲われたりしているのは、ものものしく、なんとも痛ましい。

ある日、近所のコンビニが突然がらんどうになっている。ガソリンスタンドが無人のまま放棄されている。世界の終末を描いたハリウッド映画のセットのようだ。居酒屋が消え、回転寿司の店がなくなった。喫茶店が閉店し、そこに集っていたひとびともどこかに消えてしまった。

書店は99円ショップになった。経営破綻した商業施設の公衆電話は、使用禁止になっている。

私が生活する関西圏で、自転車をこぎ、私鉄の三駅分ほどを行き来するだけでも、目にする町の姿が毎週変化している。どこかで見たような光景だ、という既視感にもおそわれるが、こんなに速くはなかったはずだ、とも考え直す。

私が京都の私立大学に入ったのは湾岸戦争が起こった年だった。その時就職活動中の先輩にとっては、まだ「売り手市場」と言えたようだが、私が大学を出る頃には「氷河期」が始まろうとしていた。下宿先は大通りに面した元店舗の二階で、夜中に一階を覗くと、コンクリートの床を鼠《ねずみ》が走っていた。大阪に戻ると、テナントが減って看板をはずされた灰色のビルが、なんとも寒々としていた。今、大型商業施設が次々にオープンしている。連日客足が絶えず、盛況である。私も本屋へ行くついでに足を運んでしまうので、盛況だとわかる。何も買わずに見るだけなのだが、それなりに楽しいことも、よくわかる。

昨年末（二〇〇八年）、兵庫県西宮市の阪急スタジアム跡にできた施設や、滋賀県草津市にできた施設は、西日本「最大級」を謳《うた》っていた。奈良や広島にも「最大級」の商業施設があるらしい。総面積や店舗数など、それぞれ「最大級」の部分を強調しつつ、「一番」を名乗るわけではないところが巧妙だ。そういえば世界一の塔を売り文句に台北や上海に高層ビルが建設されたが、追いつけ追い越せとばかりにモスクワやドバイにタワービルの建設が進んでいるとか、財政難で工事が進まないとか。さながらバベルの塔の建設ラッシュのようだ。

お祭り騒ぎのモールから部屋へ戻ると、私は自分に問いかける。バベルの塔はいくつ必要なのか、と。自分の生活圏内に一つ位なら、あって欲しい。だけど多くのひとが同じように考えるとしたら、では世界中にバベルの塔はいったいいくつ必要になるのか。

最近、新刊を買うのもひかえているので、まえから持っている古典を読みこむことになる。読書で夜更かしをしていると、灰色の波が音もなく町を浸して、町がすっかりグレー一色になってゆくヴィジョンが見える。言葉によるきらびやかな夢だけが、未来を明るく照らしてくれる……かもしれない。否、照らしてくれることを、念じている。

甲子園の今、大阪球場はいま

甲子園でスキーのジャンプ大会が行われる。スタンドに滑走台を設け、雪を敷きつめた斜面を一気に滑り降りたスキーヤーが、蒼天を翔る。新聞の折りこみチラシで、電車の吊り広告で、町のポスターでそんな写真をみつけたら、さぞかし驚かされるだろう。

ただでさえ、阪神タイガース十八年ぶりの優勝にだれもが興奮し、浮ついている。道頓堀のばかさわぎでは逮捕者や死者まで出た。虎が飛び、若者がダイブするのだから、スキーヤーだってアルプススタンドを背にジャンプしたくなろう。

そんな嘘のような催しが、過去に、実際にあった。

昭和十三年冬のことだ。翌年も行われたというから、好評だったらしい。

蔦のからまる甲子園はいまや、高校球児だけでなく、ファンにとっても一種の聖地になってしまった。今期の優勝に至る連戦連勝で、身辺にもにわかプロ野球ファンが増えた（私もそのはしくれ）。阪神が優勝するとそこら中の店が記念セールを始めた。が、客は大型店に集中し、黄と黒の縞に染まった商店街では、人通りこそ増えたもののどこかしらうそ寒い。

その後パ・リーグで優勝したダイエーホークスの前身が、大阪にあったことを思い起こす。甲子園とはまったく逆の道を歩んだ球場があった。

南海ホークスの大阪球場である。

大阪球場というと、一階にあった古書街を真っ先に思い浮かべる。ショッピングモール「なんばＣＩＴＹ」本館を出ると、蔵前通りの向こうに球場の壁面が見えていた。南海電車の高架と阪神高速にはさまれた狭くるしい空間だった。

しかし通い慣れたひとの話では、観客席の勾配が急なので、それだけグラウンドが近く見え、迫力があったという。この球場で野球の試合を見たことのないのが、今となっては残念でならない。隣接する施設でボウリングやアイススケートをして遊んでいる場合ではなかったのだ。

球団名が変わり、本拠地が福岡にうつって後、長いあいだ住宅展示場になっていた。ここで野球の試合があったのだということすら、意識しないようになった。木下大サーカスに行ったことを覚えているが、いま思うと、会場がこの大阪球場であった。マイケル・ジャクソンのコンサートもあったようだ。

二〇〇三年十月、その大阪球場跡地に、「なんばパークス」がオープンした。設計は六本木ヒルズやキャナルシティ博多を手掛けた人物ジョン・ジャーディ。

いつものように、なんばＣＩＴＹ一階を通り抜け、蔵前通りに出た。少し重苦しかった空間が、ひろびろと開けていた。各種店舗の入ったビルを両脇に見上げつつ、蛇行するショッピングフロアーを奥まですすむ。人工の谷間を縫って歩くようで、なるほど案内には「キャニオンストリート」とある。外側を歩くと、ビル自体がゆるやかなカーヴを描いており、以前ここに球場があったのだとイメージすることができた。各階に庭園があり、ちょっとした植物園の趣がある。ただ、各階の庭園は階段でつながるのみで、車椅子の方は上り下りできない。どこにいっても灰皿があり、非喫煙者にとっては空気がよくない。八階から、南東方向のビルの谷間に、二上山がのぞめた。北側には何時の間にか名称の変わっている幅広のホテルが屛風のように立ちはだかっている。

帰途、二階の花屋の前に、記念プレートらしきものが埋めこまれているのに気づいた。日が暮れかけていたので、しゃがんで確かめると、ピッチャーズマウンドがちょうどその真下にあったことを示すものだった。通行の邪魔になるので、立って、なんば駅の方角に歩いた。二十五歩目に、ホームベースを象ったプレートがあった。ふり返ると、たいていの買い物客は足元には目もくれず、プレートを踏みつけて行き交っている。庭園はライトアップされ、パークスタワーにも明りがともっている。

ひとつの場所が、完全に様変わりした。南海ホークスに特別の思い入れなどなかったけれど、さびしくなった。

駅前まで行って、もう一度ふり返った。ホームベースの辺りでうつむいている初老の男性がいた。ピッチャーズマウンドのあたりまですすみ、また物思いにふけっている様子だった。男性が雑沓に消えると、中年のビジネスマンが数人、地面を指して話を始めた。ホームベースをのぞきこむ老夫婦がいた。オープン初日だからか、元球場方面へ向かう人足がいつになく多かった。新しいものを求める買い物客と同時に、古い記憶を確かめにいくひとびとも、確実に、まじっていた。

建物の死、ひとの終わり　――生きている歌謡

この九月（二〇〇五年）、大阪梅田の阪急百貨店は、建て替えのために、一階南側にある二つの出入り口を閉鎖し、周りを白いフェンスで囲ってしまった。その場所を通ったことのない方は、出入り口の閉鎖ぐらいなんだ、と関心をはらわないかもしれない。そこは、もともと阪急電鉄の中央コンコースであった。シャンデリアと動物のモザイク画がある、異国趣味で統一されたシックな空間であったといえば、ああ、あそこかと思い出すひともおられよう。

地下から地上へ上がってくると、セピア調のかまぼこ型の空間に、足の疲れが癒されたものだ。弧をなす天井は、端から端まで植物の文様に綾どられ、計十一基のシャンデリアが下がっていた。ふたつある出入り口の上は、モザイク画で飾られていた。東には、太陽を背にした明け方の雲と鳥とおぼしい黒い鳥影、西には、月にかかるむら雲と兎の姿があった。烏の左右には龍とペガサス、兎の左右には翼のある獅子と鳳凰がしたがっていた。下方には、赤い花の咲く蔦模様。そこからコンコース当時の名残であるアーチ型通路を抜け、ゴシック教会に似せた高いドームを見上げると、ステンドグラスから明るい色がこぼれてくる――。

古式なエレヴェーターが無粋な今風の意匠にいつのまにかすげ替えられた時点で、今日の破壊

は予告されていたのだ。東から進出してくる百貨店に脅威を感じて、超高層ビルにする計画らしい。土台部分にあたる、くだんの空間は守るべくもなかったのか。閉鎖される前に見に行ったとき、ウィンドウに貼りつけたイタリアのブランド名が場違いに映った。

モザイク画は伊東忠太の手になるらしい。若いときに中国から欧州まで三年ちかく大旅行を試みたこの建築家は、関東大震災後、靖国神社遊就館の新築や築地本願寺の再建にも携わったらしい。気になる建築家であるが、その仕事をわかりやすくまとめた本を、まだみつけられないでいる。

それにしても、あんな粋な空間をなんの弁明もなく壊してしまえる神経に、文化的生活を営む「ひと」の存在感は希薄である。もう役目は終わったといってあっさり「ぶっ壊す」とき、壊されるのはひとの記憶であって、建物の生命は殺される。建物は死に、ひとの終焉が来る。

六月に亡くなられた歌人の塚本邦雄先生は、よく地名の抹殺について口角泡をとばして糾弾しておられた。そして愛しむ地名を歌に詠まれた。地名とは違うが、こんな歌を残しておられる。

歌はざればうしなふ言葉その「花を何せう太刀こそねやの插頭《かざし》よ」　『歌人』

いつくしき桜花折りもちて来いやれ
閨《ねや》の挿頭に折りもちて来いやれ
花を何せう太刀こそ閨の挿頭よ

閨の挿頭にあの山中の桜を

後に引用したのは中国地方に伝わる歌謡「田植草紙」で、原作者ははっきりしない。はっきりしないが、すばらしい作品であることは揺るがない。作者不明なのは、身分が低かったり、時の権力者に容れられなかったりという理由が考えられるが、その言葉と調子は残った。残すべく口にのぼせたひとびとがいるからであり、どこかで記録されたから、残った。作者の名も採録者の経歴も私たちは知ることができないけれども、これらの詩句を口ずさみ、詩的感動を喚び起こすことはできる。

五十歩百歩の小さな工夫で「自分らしさ」に拘泥する前に、詠み人知らずの作品にかえってみることを考えなければ。たとえば『万葉集』巻第十五。新羅へ遣わされる者と居残って家郷を護るひとびとの想いが交交《こもごも》に織られていく。武庫川河口を出発し、明るい瀬戸内を抜けて、島島に漕ぎ隠れて詠み継がれる歌群はさながら一篇の長編小説である。

さいごに師の歌をもう一首引く。

花鋪《くわほ》の山櫻かたぶき遊星にのこすわが歌よみびとしらず

『閑雅空間』

カ行変格活用

オリンピックに出場した選手が、報道番組などでインタビューに答えて、「見れない」「食べれない」と喋っているのを聞いたとき、これでいいのだろうかと小首をかしげてしまった。画面の下には、「見られない」「食べられない」と字幕が出ているので、いっそう妙な感じがしたのだ。

「ら抜き言葉」は正しくないとか、許容できないと言うつもりはない。

ただ、自分の語感にひっかかるのである。

語感とは育ってきた環境や、読書の趣味によっても形成されてゆくものであろう。

私は小学生のときから、夏休みか冬休みになると、新幹線に乗って東京の親戚の家へ遊びに行っていた。大阪市内では、周囲の大人は「見られへん」「食べられへん」と喋っていた。だから、言いたいことを少しずつ、覚え始めた東京の言葉へ脳内で変換するとき、「見られない」「食べられない」と、「ら」が抜け落ちることはなかった。

ところが大学生になって京都に住んでみると、同級生が「見れへん」「食べれへん」と言っていた。耳障りというほどではないにしても、違和感は拭えなかった。

埼玉県出身の方が、「誰それさんは来《き》ない」と普通に話しているのを聞いたときはショックだったが、これはよく考えると、関西でも「来《き》いひん」と言うひとはいるので、特別おかしな音ではない。

「来《け》えへん」「来《こ》おへん」などの発音もよく聞く。古典でも「来《く》」という動詞の「カ行変格活用」は難しかった。

言葉のひびきがいつも気になるから、詩歌を書くようになったのかもしれない。


寒雷の鳴りたるのちによみがへる奥歯のカ行変格活用

イエスと釈迦、その父と母

小学生のある時期、毎週末図書室に足を運んでは、さまざまな偉人の伝記に読み耽ったことがある。イエス・キリストの生涯もそのときにはじめて知ったが、聖書にふれたのは中学生になってからで、これは地域のクリスチャンのおばさんたちが時折校門の前で配っていた、現代語（口語）訳の新約聖書であった。四人の弟子それぞれの立場から、微妙に表現を変えて語られるイエスの言行には繰り返しが多く、信じがたい奇蹟や、不可解な行動や、難解な比喩が次々とでてきたけれども、教科書より断然面白く、いつの間にか読み通した。その後、日本の近代文学を読むようになってから聖書の話が出てくると、いつもではないが、この口語体で書かれた聖書を参照していた。

大学で西洋哲学を学んだこともあり、イエス・キリストの教えは必要不可欠な知識であったので、相変わらず折に触れて聖書を参照しなければならなかった。この頃になると文学上の趣味が古典に傾き、短歌を書き始めたため、現代語訳よりも文語訳を読む割合が多くなった。読むとすぐに分かるが、文語訳聖書は「文学」としてこれ以上の表現はないのではないかと思えるほどすばらしく、信仰とは離れて、物語として聖書を読んできた者にとっては、すぐに座右の書となった。

そして新約よりも、より人間くさいドラマが渦巻いている旧約聖書にいっそう魅力を感じた。

齋藤茂吉は森鷗外に薦められて聖書に取り組んだというが、もちろん文語訳のものである。思えば戦前までの小説家が熟読したり引用したりしたのは、ほとんど文語体の聖書ではなかっただろうか。はじめて読む聖書が口語体であるか文語体であるか——両方読んでから思うのだが、どちらを選ぶかというきっかけは些細でも、その読書体験には相当大きな違いがある。これから聖書を繙く方にはぜひ、文語訳聖書から読むことをお薦めする。

ところで、聖書は読むが教会には足を運ばない。一向に信仰心も芽生えない。そのためひとに聖書を読んでいるなどとは言えず、なんとなく後ろめたい気もしていたところ、そもそもキリストとは救世主を意味し、イエスというのは一人の男の名前に過ぎないのだから、人間イエスと教団によって神格化されたキリストとは切り離して考えるべきだ、という学者の捉え方を知るに至って、はたと膝を叩いた。キリスト様を崇め奉るのではなく、人間イエスに、「彼」に正面から向き合っていてもいいのだと。これは開き直りだろうか？

ひるがえって、仏教に関してはどうだったか。わが家の仏壇の前で読経を聞くことはほとんどなかったけれども、ある親戚の老人は訪ねてくる度に「南無阿弥陀仏」を唱え、別の親戚の家の法事では、「南無妙法蓮華経」が、からだを揺すりながら、熱狂的な調子で合唱されていた。法事の後は、嫌でも法話を聞かされる。仏典の言葉はまず耳から入ってきた。

育ての親である祖母が亡くなったとき、夏休みをまるまる四国一周に費やしたが、霊の供養などという考えはほとんどなかった。むしろ自分がこれからどう生きるのかを考えるために、ひたすら山道を歩き、歩き疲れるとヒッチハイクをした。遍路の人に薦められたり、寺で一緒になった集団と般若心経を唱えるうちに、いつの間にかお経の文面を見ずに、そらで誦していた。

一方では葬式仏教ともいわれる、宗教の形骸化した在り方に疑問を抱き、また一方では禁欲的できびしい規律で我が身を雁字搦めにする修行者の態度に、懐疑的だった。どちらも普段の「生活」とは切りはなされたことであると感じていた。ただし、密教のあやしい仏たちには、いわゆる「抹香臭さ」とは違う、何かがあるとは感じていた。

ブッダなど、必要ではない。悟りをひらきたいとも思わない。ただ、イエスをキリストと分けて考えたように、「ブッダ、ノットイコール釈迦」であると、いつからか意識するようになった。釈迦、とは一般的には、悟りをひらいたその人を表すことになっている。つまり、ブッダ、というのと変わらない。では悟りを開く前の「彼」は、なんと呼べばよいのだろう。ゴータマ・シッダールタ太子か。それが特別な名前でないのなら、そう呼ぶのがよかろう。

では、どうして仏像の中には、赤子の釈迦を彫ったものがあるのか？　彼は、生まれたときから、すでに悟道に達した「釈迦」であったのか？

この疑問には、イエスとキリストの差異への問いと相通ずるものがある。釈迦の死後、数十年、あるいは数百年もたつうちに、釈迦は実は衆生を救うためにこの世に来迎した、人智を越えた真理そのものであった、とする考えが現れ出した。教団が「彼」を神格化し、人間を越えた存在として祭り上げたのである。

彼はこの世で「釈迦」となるべく、五百を越える「前世」において、修行を積んで来たのだという「ジャータカ」の考えは、物語としてはうつくしく、また面白い。ただしそこでは、彼はどうして妻子を捨て、荒行に没頭し、悟りの境地を願ったのかという根本的な疑問は括弧に入れられ、彼の一回限りの、人間としての身体、肉体の悩みは捨象されている。

「この生まれながらの身体を措いて、いったいどこに悟りを求めようというのか」

タントラに興味をもったのは、こんな意味の言葉に接してからだった。ネパールで過ごした数週間に見た、数々の衝撃的な現実を自分なりに理解しようとし、言語化せんと苦闘しているときだった。

インド仏教の衰退と期を同じくして、紀元七世紀頃から、血や骨や皮、それに性行為といった従来きたないとして退けられてきたものを積極的に肯定し、儀礼において聖化する者たちがあらわれた。この運動は後々、欧米の研究家によって「タントリズム」と名付けられる。

このタントリズムの運動と、仏教が出会って、「仏教タントリズム」が生まれた。それがすなわち密教であると知って、密教関連の書物を渉猟しだした。ネパールで土産物として売っている仏画の掛け軸「タンカ」の、さまざまな曼荼羅にも興味をひかれていたが、それらは予感していたよりも、さらに奥の深いものであった。

学校以外の場所で自分の可能性を試すにはまず何から始めよう。百貨店のショーケースから抜け出してきたような自分の姿に疑問を感じたとき、何を信じればよいのだろう。会社を馘《くび》になったことを、家族にどうやって説明するべきか……。

ひとつの家族が各々の悩みを抱えながら、海外旅行に出かける。目的地は、釈迦の生まれ故郷であるネパール――肉体をもった釈迦を脳裏に描きながら小説を書き起こしたところ、それは家族の物語になった（『釈迦が寝言』）。

釈迦の父親が誰であるかは、はっきりしていない。イエスの父も、何者か定かではない。彼らの父は神であり、仏であるというが証明などできない。しかし、彼ら、釈迦とイエスをこの地上に産んだのは紛れもない人間の母親だった。

これだけは確かなことだと信じている。

失われた世代の一人として

ベルリンの壁が崩壊する中継に目をうばわれて、いつもより遅い電車に乗り、高校に遅刻しそうになった。湾岸戦争の映像を見ながら、受験勉強の仕上げにとりかかった。

大学へ入学した年、旧ユーゴスラヴィア紛争が始まった。文学部の校舎には冷房がなく、前期末の試験は、なまぬるい空気を扇風機がかきまわす教室で受けた。食堂の割り箸が塗り箸に変わる時期だった。

携帯電話もパソコンも、文学部の学生にはほとんど馴染みがない。卒業式をひかえた一月、阪神淡路大震災が起こった。私は続けたい研究があったので、すぐには就職していない。世にいう十年近い「就職氷河期」は、始まったばかりだった。

朝日新聞は二〇〇七年、二十五歳から三十五歳の約二千万人を「ロストジェネレーション」と名づけて特集を組み、本にまとめた。先行する「新人類」でもなく、「バブル世代」でもなく、終身雇用や安定した人生設計があらかじめ失われた世代。そんな団塊ジュニアの中には、ほんとうの豊かさは何か、ほんとうにやりたいことは何かを自分に問い直し、独立して何かを始めようとするひとが増えているらしい。

同時代のことはなかなか見えにくい。ふりかえって、時代の谷間の失われた世代だと言われるとそんなものかと思う。哲学のクラスは一教室に四十人以上がひしめき、英語の授業では帰国子女の二、三名がわずかに発言するだけの、大人しく、従順な学生の群……。

ともかく私は、在学時からやりたいことをやってきた。

図書館や古書店へせっせと通った。キャンパスから歩いて行ける龍安寺の、池の周りを歩くのがお気に入りの散歩コースだった。

ドイツ哲学と詩を原書で読むためにドイツ語を選んだ。ちょうど外国語の集中履修コースが始まった時期で、教わった講師の一人は旧東ドイツ出身だった。

興味の赴くまま、フランス語や他の語学教室にも参加した。のみならず、他学部の授業にも出た。さらに、他大学の授業にも、出かけた。

今ではほとんどつぶれたようだが、市内にミニシアターがいくつかあり、足しげく通った。

京都の複雑な路線バスが苦手だった。地下鉄はまだない。南禅寺から鷹峰まで、自転車で縦横に古都を走りまわった。

すぐに就職はせず、在学中に訪問し、以後師事することになった歌人・塚本邦雄先生の講演・講義に列席し、短歌のみならず文学全般について教わった。その先生が亡くなられて後、最初期の仕事を考察するため、戦中戦後の作品を調べる過程で知ったのだが、アメリカは占領後間もなく、全国に厳しい検閲体制を敷いていた。放送・出版はもとより、検閲は同人誌、郵便物、紙芝居にまで及んだ。検閲があるということすら口外できなかったため、その恐ろしさはなかなか一般には知られなかった。

私は国内の公共図書館に依頼して取り寄せた古雑誌の複写を見ながら、一地方短歌誌上で、検閲への言及がチェックされ、公序良俗に背くと判断された短歌が消されているのをこの眼で確認した。

文学部は創設八十年になるそうだが、記録と記憶について考えをめぐらせる時、国際平和ミュージアムの存在が改めて意識されてくる。

学生の時分に、戦争を語る遺物にふれることは良いことだ。しかし見たものをどう判断するかには、注意と時間を要する。真実を知りたければ、なおさらだ。

スウィーツ、ケ・セラ・セラ

——ピーナッツは年齢の数だけよ。

おやつの時間に、祖母が私には背の届かない水屋のガラス戸を開けて袋を取り出そうとする。掌を出してわくわくしながら待っていると、

——今日は、きらしてたわ。

食べ過ぎると鼻血が出るといって少ししかもらえないのに、きらしているとは……。不満を表す「えーっ」を連発しかけた途端、鼻腔にカカオの香がさっとよぎる。

——その代わり。今日はチョコがある。

祖母が皿に盛ってくれたのは、モロゾフの星型のチョコレートだった。星型といっても、装飾用に生クリームを絞ったような形で、一個が今のトリュフよりもはるかに小さい。キスチョコという名ははるか後まで知らない。その時もらえたのは、もちろん年齢の数だけ。ときにはホワイトチョコもあったように思う。祖母は珈琲を好まなかった。季節を問わず、また洋菓子でも、濃い緑茶。未就学児童であろうが緑茶を飲ませた。

到来物ではヨックモックのラング・ド・シャ（四角いのと葉巻型のと）が一番だった。鍼の治

療におとなしくついていくのも、帰りになんばや天王寺で菓子を買ってもらうのをあてにしてのこと。祖母が選ぶのは、生姜煎餅やピーナッツ煎餅、きんつば、高砂屋のカステラ（「カステーラ」と伸ばして発音した）。丸と長方形のおかき二つを組み合わせて、こけし型のデザインで包装したもの。岩おこしも好んでいたから歯が丈夫だったのだろう。私はコイン型の輸入チョコの網袋を提げ、ほくほくとして地下鉄に乗った。

近所のパン屋で買える不二家のパラソル型チョコや、苺味のついたアポロ（宇宙船型）とは違った、ちびっ子には高級すぎるお茶のひと時を味わい尽くした。虫歯も増えるはずだ。

祖母のつくるおはぎ、それにドーナツは近所でも評判だった。いつも多めに作って配るものだから、小豆を炊くにおいやドーナツを揚げるにおいが換気扇から漂い出すと、近隣のひとまでが用もないのに外に出てきてそわそわしているように見えた。

同じレシピで母が何度も挑戦したけれども、全く同じ味になることはなかった。祖母は調理中、いつも歌をうたっていた。レパートリーはいくつかあるが、調子が良いときは必ず「ケ・セラ・セラ」の歌詞が口ずさまれる。

ケ・セラ・セラ——すべてはなるようになる、明日のことなどわからない、といういい加減な文句だったが……。

その歌は、味をぬすむために気に入った店に通いつめ、まずソースを炊くことから始めたお好み焼きでも、おせち料理でも、ちらし寿司をつくるときでも口ずさまれた。

ちらし寿司をつくる日は朝から戦闘状態に入る。

調理済みのものと、これから使う具材がテーブルに載り切らず、畳の上にまで並べられていた。錦糸玉子を味見するのが私の仕事だった。鮨桶で御飯を冷まし、別々に調理された具を混ぜた。薄味の高野豆腐、甘口の椎茸、彩のための莢豌豆と人参、紅生姜、そして時にはちくわや鰻……そこまではいいのだが、酢蓮根が入るのはどうにもいやだった。特に、祖母好みに酢がきつくしてあった。

そういえば、定期的にかきまわされる糠味噌が子どもの嗅覚には堪まらなかった。藁苞の納豆に、奈良漬に……。

父が早世したために、私は母方の祖母の家で育てられた。

祖母は大正初年、兵庫県の田舎の大家族に、下から二番目の娘として生まれた。学校の話は聞いたことがない。神戸の小料理屋へ働きに出ているとき、女将の紹介で関東出身の祖父と一緒になった。祖父は子どものとき関東大震災の揺れを体感していた。借りていた家は神戸の空襲で焼かれ、親類を頼って大阪に落ち着いた。

我が家の食卓は、明治大正から直結していたのだった。目刺、ちりめんじゃこ、若布、昆布、沢庵、どれもごつくて、本物のにおいがした。

小学校の友人ができると、私は駄菓子屋を知った。

うまい棒、どんどん焼、キャベツ太郎にチロルチョコ。これらはいまでもコンビニなどで売られている。おまけのためだけに買ったスナックはどこへ消えたのだろう。ファンタやスプラッシュよりも、みかん水の素朴な味がよかった。なんといってもカップ麺のスープは衝撃的だった。

家の夕食は苦手で、水泳教室の帰りに寄るマクドナルドの「高価な」メニューが楽しみだった。

それがいまや、マクド（関西風の略称）にもインスタント食品にも飽き飽きしている。新商品開発の大変さにも想像は及ぶが、家ではあの頃と同じ食材を集め、同じものをつくってみたらどうだろう。なんとか食材を集められても、買い物だけでかなり高くつくはず。それでかたちだけでも、あの頃の当たり前の食卓を再現できるだろうか。いまなら酸いものでも食べられる。

ケ・セラ・セラ。もとのラテン系の言語でも「なるようになるさ」の意味だと知ったのは、大学生になってからだった。すでに祖母はなく、数十年分の家計簿だけが残っていた。何の気なしにひらいてみたことがあるが、蓮根がいくら、小豆がいくらと事細かに買い物が記録されていた。

シンプルなドーナツやちらし寿司をつくってみたい。仕上げのタイミングには、あの歌詞を口ずさんで。

神戸新聞文芸「小説」新選者就任の弁

今年三月に、私たちは、日常生活がある日突然変化することをまた知りました。
人間はもろい存在ですが、精神の強さもあわせ持っています。
言葉の力を信じ、世界に目を向けた〈作品〉を待望しております。

二〇一一（平成二十三）年八月十五日

Ⅱ 旅と書物

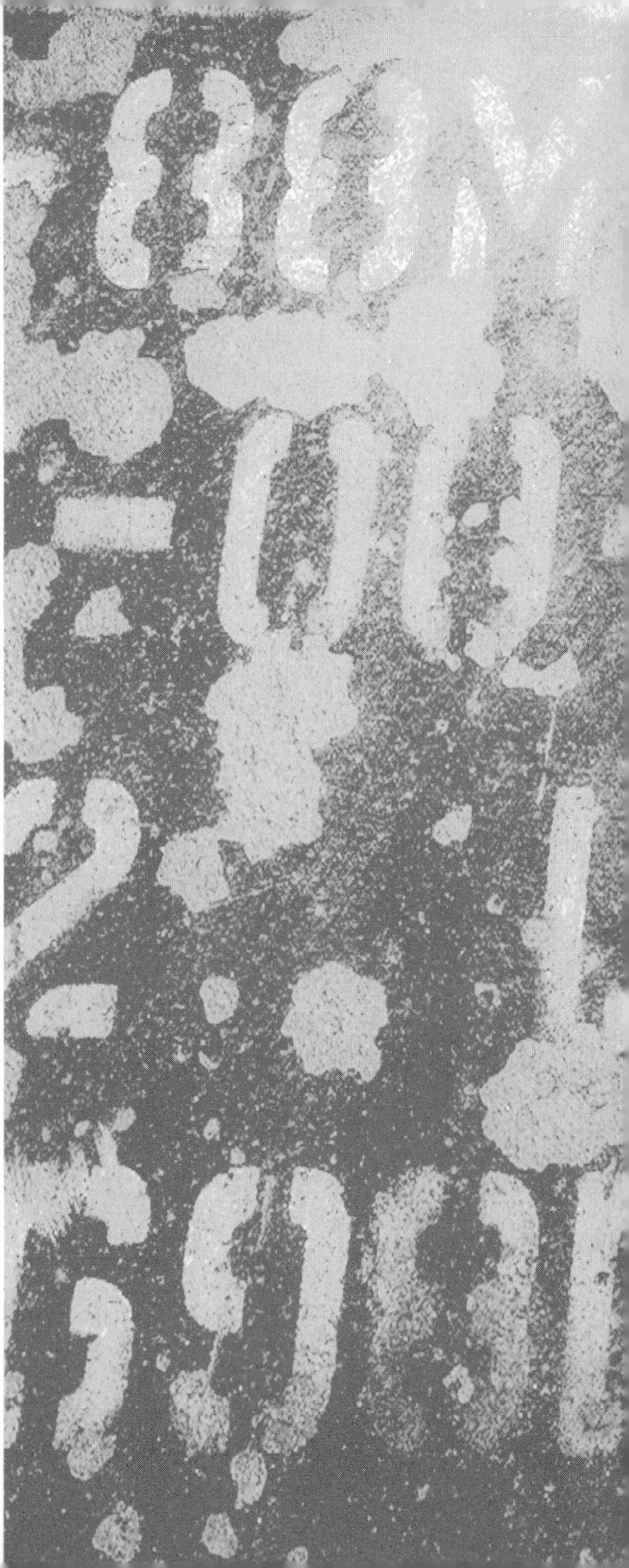

戦争はどこにもないが、いたるところ戦場だらけだ。

『零歳の詩人』（集英社二〇〇〇年、『戦争×文学』二〇一一年）

―奔―

欧州放浪中の出会い

――コソヴォ難民とセルビア人疎開者

一九九九年の初夏、サラエヴォを初めて訪れた。私が借りたプライヴェート・ルーム（民宿）は、旧市街にミリヤツカ川を挟んで向き合う、フリッドという山の手にあった。地図を見るかぎり、その近辺からケーブルカーでさらに背後に聳《そび》える山の頂（千百メートルほど）まで登ることができたようだが、ケーブルを支える鉄柱は目に入ったものの、ケーブルは通っていなかった。トルココーヒーと米の入ったスープ、杏のシロップ漬けを出してくれた宿のおかみさんに、「内戦で壊れたのか」、と言いかけたが、訊くだけ野暮だった。ボスニアの前に訪れたクロアチアで、山の中腹に転がったケーブルカーの残骸を見て来たばかりだったからだ。

泊まった部屋は六畳くらいで、離れ家になっていた。二部屋隣に、コソヴォからの難民が家族で暮らしていた。ときどき赤ん坊の泣き声が聞こえる部屋からはしかし、ほとんど誰も出て来ず、色とりどりの洗濯物だけが風にはためいていた。朝、テラスでおかみさんと喋っていると、ガラス玉のように青い瞳をした少女が部屋から出て来て、紹介された。英語の達者な女子高生だった。

その夜、彼女と一緒に町をぶらついた。気ままにウィンドウショッピングをしている彼女も難民なのだと考えると、「難民」という概念が頭の中で揺らいだ。そのことを言うと、お金があればベンツで疎開して、安全になってからお土産をさげて帰郷する難民もいるのだと話してくれた（彼女がそうだというのではないらしいけれども）。例えばアルバニアに避難したコソヴォからの難民の中には、貧しいアルバニア人の反感を買って、襲撃されたひともいるのだ、という笑えない笑い話を教えてくれた。リッチな難民というのは、マスメディアでは絶対伝えられないものですねと私が呟くと、彼女にとってみれば、なぜ私がこの時期にサラエヴォなんかをうろうろしているのかが、もっと分からない、ということだった。返答できなかった。どうしてボスニアに魅かれるのかというのは、自分自身にもまだ説明できなかった。

出発の朝、おかみさんがチキンペーストとパンを持ってきてくれたとき、夫のおさがりで悪いが履けるならどうぞ、と言って綿のズボンを何着か出してくれた。私の汚い格好を、ずっと気にしていたのだ。洗濯もしていないズボンには、ファッションではなく、穴が開いていた。隣に住むひとたちと自分と、どちらが難民なのだろうと苦笑いするしかなかった。

半月ほど後、私はハンガリーの首都ブダペストにいた。

宿は六人部屋で、斜め前のベッドに、髪の長い神経質そうな青年がいた。あまりにたくさんの荷物があるので、ここに住んでいるのかと訊くと、ＮＡＴＯの空爆を逃れてベオグラードから疎開してきたのだと自嘲気味に言った。セルビア語の映画を見て覚えた歌を私が歌うと、よほど驚いた様子で、目をくりくりさせていた。そして隣のベッドを使っている背の高い、頬のこけた青年を呼んで来て、彼もやはりセルビア人だと教えてくれた。しばらく後で気づいたのだが、六人部屋に長逗留している若者が三人おり、みな疎開中のセルビア人だった。

髪の長いセルビア人はルネというニックネームで呼ばれていた。彼はドイツへの入国ヴィザを再三申請したが拒否され、今は北欧のヴィザが出るのを待っていると言っていた。

もうブダペストに三箇月もいるので、地元民でも知らないような場所をいくつも知っている、だからどこにでも案内してやると言われ、「セルビア通り」を闊歩して、まずセルビア正教会へ連れていってもらった。語学の達人で、宿に入れ代わり立ち代わり来る欧米の旅行者の言葉は、ほとんど理解しているとのことだった。日本語はさすがに知らないが、ただひとつ「ウバステ」は聞いたことがあると言った。姥捨てに関しては私以上によく知っていた。毎朝インスタントコーヒーに微量の湯を加え、ペースト状になるまで練ってから、湯を注いでいた。練ることによって風味が変化するというが、私はまだ試したことがない。食後にはヴィタミン剤をかかさず飲み、仲間たちのようには夜遊びもせず、夜はたいてい十二時過ぎには寝ていた。

そんな彼の趣味は、日中街へ出て写真を撮ることだった。こんな優雅な「疎開」もあるのだな、と、「疎開」の概念がまた頭の中で揺らいだ。

欧州放浪中に出会ったひとびとの中でも、彼らのような難民や疎開者には、まさにこの時期でなければ出会えなかったと思う。帰国後、私は流れのまま小説家となった。彼らにも本を送り届けたいが、その後連絡がとれていない。

ルネは今頃どの国の、どんな街角でシャッターを切っているだろうか。

バルカン遁走曲

ＮＡＴＯ軍によるユーゴスラヴィア空爆が続く一九九九年五月、戦況を窺いながら私はイタリアからバルカン半島に移動しつつあった。旧ユーゴスラヴィア紛争に題材を得た一種のコラージュ小説を脱稿して渡欧したのは四月のことで、コソヴォ地域の緊迫がとうとう現実の戦争に発展した矢先のことだった。とはいえ旧ユーゴ諸国訪問は半年以上前から計画しており、行けるところまでは行ってみよう、という無謀なヴァガボンドとなったのには訳がある――短歌を中心とする韻文定型詩を書いてきた自分が、『零歳の詩人』に小説という形でしか書けなかった歴史の舞台を、どうしてもこの眼で見ておかなければ気がすまなかったからである。紺碧のアドリア海はもとより、眼の覚めるような経験ばかりであったが、何よりも驚いたことに、自分が空想して書いたことを、遅れて現実に体験するような出来事が少なからずあった。

イストリア半島は現在三つの国境で分けられている。トリエステのある北端の付け根まではイタリアで、間にスロヴェニア領を挟み、残りはおおよそがクロアチア領となっている。古来葡萄などの果実とともに良質の石材を産出し、ヴェネツィアの建築材料は、多くこのイストリアに負っている。

リエカは、この半島の南端の付け根に位置する。川崎市と姉妹都市であることからも分かるように、大きな港町である。トスカーナを髣髴とさせる山あり谷ありのイストリアの道をバスに揺られ、五月の終わりに訪れた。バス停で待ち構えていた中年女性に民宿を紹介され、港にすぐの宿に落ち着く。この地方では自宅の一室を旅人に安く貸してくれる民宿がもっとも利用しやすい。

齢《よわい》七十に近い痩せた宿の主人は開口一番、戦争時代の話を語り始める。多くの老人は、会ったばかりの異国人にすぐ戦争体験を語る。イタリアでもそうだったし、後に訪れたポーランドやドイツでもそうだった。そして尋ねてもいないのに、

「イタリア占領時代に習わされたものだ――青春よ、青春、うつくしき春よ！」

と両手を振って歌いだした。

小説『零歳の詩人』の中で、筆者が登場人物の〈詩人〉に歌わせたファシスト党歌である。そして饒舌なことはまたこの地方のひとびとの特徴で、「先日イストリアン・ハウンドがようやくクロアチア種と認められた」と矢継ぎ早にまくしたてられた。隣国スロヴェニアと、犬の原産地をめぐっても争っていたというのだ。リエカはかつてフィウメ（こちらはイタリア語。どちらも河の意）と呼ばれ、ガブリエレ・ダンヌンツィオが侵攻し、臨時政府を打ち立てた街でもある。歴史博物館に寄ってみたが、占領時代の史料はなにひとつ展示していなかった。帰途、児童図書館に立ち寄ると、まだ旧ユーゴ時代の本がたくさんあったので、少し安心した。

その後リエカから海岸沿いにバスで、小さな街に寄りながら、「アドリア海の真珠」ことドブロヴニクまで移動する。そこから、ユーゴ出身のボジダール・ニコリック監督の米映画「リッ

ク」の舞台となった現モンテネグロ領の街を訪ねたかったのだが、国境が閉鎖されており、まことに長い長距離バスでボスニアを経由しクロアチアの首都ザグレブへ戻った。

ザグレブから北西に約四十キロ、クロムヴェッツという村があり、旧ユーゴスラヴィア大統領チトーの生家がある。ここも、訪問してみた。駅で知り合った同村出身の親日派で英文学を教えているという方が、親切に案内してくれた（観光客、まして日本人は相当珍しいらしい）。以前ガイドのアルバイトをしていたというその語り口は、時折交える冗談も含めて大変わかりやすく参考になった。午後いっぱい、博物館やクロアチア国歌の記念碑などを見学した後、起伏の多い道を駅まで車で送ってもらう途中、ふと、

「ヤマばっかりだな！」

と、彼がクロアチア語で言って笑った。

「ヤマとは穴ぼこの意味だけど、日本語でヤマというとマウンテンの意味だろう」

発音が同じでも、百八十度意味が違う。英語で説明されて、一緒に笑った。

セルビアの山道を、おんぼろバスでベオグラード目指して進む珍道中を描いた「歌っているのはだれ？」という映画がある。セルビアの野は見ずじまいだったが、サラエヴォではコソヴォ難民と同じ宿に泊まり、ブダペストではベオグラードから疎開してきたセルビア人達と一週間寝起きを共にした。この度、すばる文学賞を頂いたことで帰国することになったが、あの日、ヤマだらけの道を揺られながら、あてどない旅の行く末を思っては一瞬、自分の笑顔が凍りついていたことも、忘れてはいない。

マルコ・ポーロはクロアチア人か

『東方見聞録』序文によると、マルコ・ポーロはダルマチア沿岸で起こったある海戦で、当時ヴェネツィアとライヴァル関係にあったジェノヴァの捕虜となった。これが一二九〇年代後半と推定されているのだが、その時獄中でピサの作家ルスティケロと出会い、彼がマルコの語る東方の知識や物語を筆記し、「本書」が一二九八年にできあがったといわれる。

本書というのが、日本で『東方見聞録』と呼ばれているものの「原本」となったもので、この原本が写本を繰り返され、今日まで伝わってきた。もっとも、「オリジナル」の写本はみつかっておらず、もっとも古い写本につけられた表題は「世界の記述」といった。最初期の写本は四十〜六十ページの短いものだったようで、今日見られるような大部になったのは、写本が繰り返されるうちに情報がどんどん加えられていったためと考えられる。

そして序文ではマルコ一行の二十四年間にわたる旅程が紹介されているのだが、本文の記述の正確さに反して、これがおおいに眉唾ものなのである。というのも、十七年間もフビライ・ハーンに仕えたにしては中国の言葉やモンゴル語が見聞録には見当たらず、また彼の名も、漢語で書かれた正史である『元史』には出てこない。当時空前の世界帝国を築いたモンゴル族を中心に、周辺のあらゆる種族の歴史を集大成したペルシア語の『集史』、それに続く『ヴァッサーフ史』にも、見聞録と一致する内容こそ多多認められるものの、マルコ一行に関してはマの字も出てこないのが実情なのである。

　そんなマルコ・ポーロの出生地として、現在クロアチアが名乗りを上げている。ダルマチア海岸の南端、アドリア海に浮かぶコルチュラ島には「デポーロ」の姓が残り、マルコに関する文書も見つかるというが、それも彼の死後半世紀以上も後のものである（遺書はヴェネツィア公文書館に保管されている）。

　マルコ・ポーロはヴェネツィアで生まれたかもしれないし、ダルマチアで生まれたのかもしれない。証拠文献、参考資料はあっても、どちらもいまのところ決定的ではない。大事なのはむしろ、そういう出生地を特定しようとするような思考方法を、まず疑ってみることではないか。それは『東方見聞録』のオリジナル写本についても同様である。

　マルコ以前にも、今の北京辺りまで訪れたヨーロッパ人はおり、またモンゴル帝国からヨーロッパへ渡った使者も一人や二人ではなかった。マルコは実際にどこまで旅をしたのかを問うより、当時の東西交易路や駅伝ルートの知識をもとに、何世紀にもわたってマルコ・ポーロ伝説がつくられていったと考える方が、理に適っているのではないか。それぞれの「旅人」が、自分だけのマルコ・ポーロ像をつくりあげていった。なかには、自分をマルコ・ポーロと思いこんだ者もいただろう。コロンブスが見聞録の一写本を携えて「ジパング」目指して出港し、新大陸を発見するのは一四九二年のことである。

実在性を疑いだせばきりがないが、マルコ・ポーロ以上に胡散臭い人物が、筆記の労をとったルスティケロという男である。彼について知られている事実は極めてわずかしかない。

ピサの出身で英国の傭兵、エドワード王子に随伴して十字軍の遠征に参加（一二七〇〜七三）。シチリア島で足止めを食った折（一二七〇〜七一）、アーサー王伝説に基づくロマンスを執筆、王子を興がらせる。一二八四年メロリア海戦で捕虜になり、一二九八年以降に釈放されたらしい……これがルスティケロという人間について知られている、ほとんどすべてである。

ルスティケロという男は、ほんとうにこの世に生き、歩き、生活していたのか。それを証明するのは不可能であろう——。

中世の写本家たちは、基本的に無名、匿名であった。ルスティケロはゴーストライターの代表者の名前であったかもしれないし、もしかすると見聞録の写本家のことを指す、一種のニックネームが、「ルスティケロ」であった、と考えるのも面白い。

そんな、生没年不詳のルスティケロが筆記してできあがった『世界の記述／東方見聞録』。

序文からしてこういう次第であるから、本文の方も一筋縄ではいかない。

当時は「著作権」の概念もうすく、写本家それぞれが自分で勝手に内容をつけ加え、時には削ったりしていった。また、翻案や翻訳、異国語から異国語に訳されていくことで、どんどん細部が変質していった。誤訳、勘違い、引用、孫引き、異本、加筆削除……たくさんの手が加わることでだれも元のかたちがどうであったか分からなくなってしまう。そもそも、そのような次元で、「オリジナル」を特定することに、どのくらい有効性があるだろうか。

マルコ・ポーロと演劇

この夏、小説『マルコ・ポーロと私』を上梓した。春先、雑誌「すばる」に発表した時点ですでに周囲からさまざまな意見を聞くことができたが、なかでももっとも気になり、参考にもなるのはやはり近しい友人の感想だった。言葉遊びの部分が一番面白いとか、後半マルコ・ポーロの娘が登場して両親の出会いを語るシーンがよかったとか、あるいは娘を登場させたのは時代劇みたいでいただけないとか、みな忌憚なく意見を聞かせてくれた。

舞台美術の仕事をする友人の指摘に「どきり」とさせられたことがある。それは「まるで演劇をみているような感じがするが、戯曲にした方がよかったのではないか」と言われたときだった。

小説の主要な舞台は十三世紀末、ジェノヴァの牢獄で、マルコ・ポーロと写本家のルスティケロの二人を中心に話が進み、二人とも牢獄の中を出ずに写本作成に熱中しているという設定。マルコは大仰な身振り手振りを交えて常に何かを喋っており、ルスティケロはそれをどう文章にあらわしたものかと日夜心を砕いている。二人の緊張した関係、会話の凝縮性、なにも起こらない牢獄に居ながらにして異国へ飛翔する語りと想像力……執筆を進めながら、私自身、「演劇的想像力」ともいうべき発想を駆使しようと、終始試行錯誤していた。

友人は、そういう限られた空間にある種の劇場性を感じ取り、次々に「物語」を乞い物語を語るマルコとルスティケロの緊迫した関係、およびマルコの身体表現に、演劇性を見たのではないか。

現在、戯曲化の構想は棚上げにしたまま、私は全く別のテーマの小説に取り組んでいる。ひとまず小説として『マルコ・ポーロと私』に結実した私の演劇的想像力は、小説としてそのまま楽しめるか、それとも対話部を独立させて戯曲に仕立て直した方がよいものか、まずは読者諸賢の判断にゆだねたい。

遺跡から廃墟へ、廃墟から遺跡への旅

ヨーロッパを彷徨している折、さまざまな廃墟や遺跡を見た。遺跡と廃墟の境目はどこにあるのだろうと疑問に思うことがしばしばあった。

特にクロアチアやボスニアでは、倒壊してからさほど歳月を経ない真新しい廃墟や廃屋をたくさん見た。野晒しになっているそれらの廃墟は、再建の目処が立つどころか、取り壊すお金さえないのだと思われた。それほど廃墟が、あまりにもむき出しのまま放置されていた。もっとも近代的な防火設備を整えていたはずのビルも、焼け焦げていた。防火水槽の水が、市民の生活用水として使われ底をついていたからである。歩いていて、段々と抑鬱的な気持ちにならざるを得なかった。それら夥しい廃墟を作り出した砲撃は、たった四、五年前に熄《や》んだばかりなのだ。

クロアチアのダルマチア沿岸諸都市には、古代ローマ時代の遺跡がたくさん残っている。ザダルという、ユーゴ内戦の時もっともひどい砲撃にさらされた港町を訪れた時、私はどこまでが廃墟で、どこまでが遺跡か分からない場所で呆然と立ち尽くしていた。通りがかった高校生に訊くと、内戦の傷痕はすべて修復したので、あなたが見ているのは古代の遺跡だとそっけなく返答された。ローマでは（観光資源のひとつとして）重要視される同じ時代の遺跡には、スプレーで他愛

もないことが落書きされていた。ローマ時代の遺跡といっても、観光客があまり来ることのないアルバニアを訪れたひとの話では、やはり「ほったらかし」だったそうだ。

廃墟のまま数十年放置していたものを、再建しようとする動きもある。

ドレスデンの聖母教会は、第二次世界大戦時に空爆によって倒壊し、その廃墟と化した石材の集積は、戦争の記憶を市民に刻み込むために、ながらくそのままの姿で放り置かれていた。私は現地で、同教会再建の過程を写真で追えるようになったポストカードのセットを購入した。

一九九一年当時のポストカードを見る。教会は、それこそごつごつした石材の破片とねじれ曲がった鉄骨の瓦礫の山で、雑草が繁り、ローマの遺跡よろしく風雨に晒されている。遺跡になるにはまだ年月が浅く、廃墟というには年季が入り過ぎた印象を受ける。が、意味を与えられた廃墟という点で、遺跡といっていいのかも知れない。

その翌年辺りから瓦礫が徐々に片付けられ、次の年には土台の辺りがすっきりとして地下室の形が俯瞰撮影ではっきりと見え、工事用のクレーンが立ち並ぶようになる。

取りのけられた瓦礫は、まだ使える石とそうでないものに分別され、使えるものはどの場所にあったものかを徹底的に分析して、コンピューターにデータを入力し、新しい石材の間に組み込んでいく。その組み込み方が、実に手際よいのだが、古いほうの、瓦礫に埋もれていた石はたいてい煤けて黒ずんでおり、真っ白の石材と斑模様をつくりだすことになる。

一九九四年になると、土台が形を成し始め、同時に細かい装飾部分の修復も進む。

私が訪れた一九九九年の段階では、外観はほぼ在りし日の姿を取り戻しており、教会内ではコンサートも行われていた。コンピューターと最新技術を使って復旧された外観はしかし、あばただらけといおうか、いろだけ見れば新旧の石材がちぐはぐに積まれ、複雑な、モザイクのような斑模様を織り成していた。

そういえば、コンクリートの見本のようなベルリンの壁の残骸も、積極的にリサイクル利用されていると聞く。建築ラッシュの新首都ベルリンはガラスの森だった。改造を加えられながら刻刻と進化している街全体が、巨大な生き物のように思えた。

瓦礫からの再建は、旧東ドイツだったドレスデンがドイツ統一後に仕事を作り出すために始めたというのが実際のところのようだ。石の破片を埋めこんだチャリティー用の腕時計も販売されていた。毎年ニューモデルが出るらしく、有名デザイナーにデザインさせた限定モデルにはプレミアがつく。スウォッチさながらではないか。

ともかく、根気のいる修復作業と、それを可能にする技術には敬服する。教会の再建には、旧東ドイツ市民の未来に向けての希望も織り成されているのではなかったか。再建中の、しましま模様の教会は、なにか過去と未来のモザイク画のようにも思えた。

破壊される前の姿を徹底的に復元しようとする、執念といってもいい想いは、ワルシャワの旧市街でも見せられた。

ワルシャワの旧市街は第二次世界大戦の際、九十%以上が破壊されたといわれるが、戦後の復興によって完璧に再建・再現された。再現というのは、ひとびとの記憶や写真を使って、建物の煉瓦一つから壁の罅に至るまで忠実に作り直されたからである。執念にも似た復興事業は、戦後四年目に始まり十四年間かかって完了した。そうして復旧の念願かなった旧市街であるのに、観光客が何を見出すかといえば、観光用の馬車と、蠅のたかった売れない砂糖菓子だけである。

翻って、サラエヴォで同じことが当てはまるだろうかと考える。市内を走っている黄色いバスはすべて日本製で、新品バスをくれたのは日本だけだと道を尋ねたサラエヴォっ子に感謝されたことがある。そこかしこで復旧工事は続いており、週末の夜ともなればウィンドウショッピングと夜歩きを楽しむひとで溢れかえる。サラエヴォはこれから第二、第三の生命を得ようと、必死にあがいているように見えた。

廃墟は日日生まれている。当面のところは放っておかれるが、時が経てば吹き曝しの廃墟が遺跡と指定され、保存・再建が試みられる。ひとびとは遺跡を見にには集まるが、廃墟には目もくれない。しかし遺跡とてもいつしか荒廃が進み、再び廃墟となる日があろう。そんなことを考えながら、私は旅を続けていた。

―駆―
ルンタ、ジンガロ、バルタバス

騎馬オペラ、舞台芸術集団、スペクタクルなどと広告に謳われているが、どんなジャンル分け、レッテル貼りも峻拒するだろう彼らの舞台が、とうとう日本にやって来る（江東区木場公園内特設会場）。

サーカスではない。歌はあるが、オペラでもない。登場するのは二十五頭の馬、人間（団員は四十五人）、そして鵞鳥たち……。制作・演出・馬の調教など一切を取り仕切るバルタバスにしてからが、出生も本名も公表していない。

「舞台だけを見てくれ、見て、判断してくれ」ということだろう。

が、その舞台がなかなか見られなかった。

一九九三年、バルタバスは映画を撮っている。初監督作品「ジェリコー・マゼッパ伝説」を見て以来、ずっと実際の舞台に憧れていた（映画はカンヌ映画祭最優秀芸術貢献賞）。

マゼッパはロシア皇帝の臣下であったが、姦通罪のため、馬に縛られたまま荒野に追放され、後にウクライナ・コサックの長となり、スウェーデンと組んでピョートル大帝に歯向かうも、敗北してしまう人物で、ロマン派に好んで取り上げられる（詩・絵画・音楽・オペラ）。

ジェリコーはフランスの画家、テオドール・ジェリコー（一七九一〜一八二四）。馬の絵よりも「メデュース号の筏」がよく知られているかもしれない。

映画は画家の短い半生を映像化したものだが、馬と一体化したかのように妖しく舞う肉体、その息遣い、息苦しいほどの緊張と存在感は、いつまでも記憶にあたらしい。

ジンガロの公演は数年先まで予約で一杯だと聞いて諦めていたが、その「数年」はいつの間にか過ぎ去っていた（パリでは常に二年先まで完売しているというけれども）。

その彼らが、日本にやってきた。

三月から五月まで、人馬一体化したパフォーマンス「ジンガロ」の日本公演があり、心躍った。フランスでもチケット入手が難しいというので、憧れの舞台だったが、まさか日本で体験できるとは。小雨降る木場公園に着き、茶色いかまぼこ型の、約千九百人を収容できる特設会場を見ても、まだ信じられなかった。

ルンタとは「風の馬」を意味する。チベットでは祈りをこめた五色の旗タルチョーのこともそう呼ぶ。予備知識はそのぐらいのものだったので、あまりにも濃いチベット密教色に戸惑った。会場に入るや、香が焚かれ、馬が走るはずの円形トラック上に、複数の僧侶が五体投地を繰り返している。やがて南北の台座にあらわれた十人は、あとで知ったが、座長バルタバスがダライ＝ラマの許可を得て参加してもらった現役の僧侶なのである。衣冠を正し、楽器を手にし、重低音の声明を唱える。もうこれは手抜きのない儀礼といってよい。馬の足取りも動物らしくなく、変に落ち着いている。見るスペクタクルだと思っていたが、思わず目を閉じた。放浪中に出会い、今の今まで忘れていたホームレスや辻音楽師や物乞いの老婆の姿が蘇ってきては、曲乗りをする、髪の色も肌の色もまちまちな団員の躍動する身体に重なっていく。

白い骸骨の仮面の騎手が、青いタントラの女神が、翡翠色の衣装が、旗が過ぎ、馬たちは赤い軌跡を描いて疾駆する。

やがて僧侶は冠をつけ替える。菩薩から弥勒への変容をあらわすものか。特別な祈禱が始まる。曼荼羅に見立てた中央の、紗のドームがゆっくり上昇すると、白馬に跨ったバルタバスが悠揚と登場し、たくましい腕を拡げて天を仰ぐ。その存在感に圧倒された。馬は命じられぬのに、後脚を軸にして、反時計回りに旋回運動を始める（ピルエット）。騎手は手綱を持っていない。下半身だけで馬をコントロールしているようだが、腰から下は黒っぽい布を垂らして隠してあるので、まさしく人馬一体と言いたくなる。上半身を後ろにそらし、両手を宙に羽ばたかせる稀有な馬術使いは、重力から解放されているかのようである。目は閉じているようだった。音と、光と、少しはげしくなってきた雨が天幕を打つリズムと日本の湿気に身を溶かし、心の通じ合った馬とダンスをしている。

僧侶の席の明かりが落ちて、筋骨たくましい男がドラムを打ち鳴らすと、十二頭の馬が一斉に会場に駆けこんできた。いとも軽々と、曲乗りを競い始める騎手たち。馬は目の回るようなスピードで直径三十メートルのトラックを駆ける。途中、蹄が枠に当たり、しまった、とか、くそ、と呟く乗り手がいるのも生々しい。どの騎手も悪漢めいて見える。今回の出し物ではチベット色が濃厚だが、この競い合いのシーンだけは、どんな音楽を使った舞台でも、共通のものだろうと想像される、ジンガロ（ジプシー）の名にふさわしい荒々しさであった。バルタバスも一九八四年に旗揚げしたころは酔漢を演じ、客席から嫌がる女性客を舞台にひきずり上げたりしていたと聞く。現在のバルタバスが「静」の極点を表現しているとすれば、彼ら団員の連続技は「動」の極地を表している。

終演後、最前列まで降りてみた。トラックと客席を隔てる敷居の上に手をつくと、砂でざらざらした。演出で使った茣蓙を丸め、ふざけながらスタッフが掃除をしだした。階段をのぼり、僧侶のいた壇の近くへ行くと、楽器を片付けていた若い僧が私に気づいた。チベット語の「こんにちは」はどう言うのだったか。フランス語でメルシィと言ったほうが良いだろうか。咄嗟に言葉は出なかったが、お互いに微笑みながら、大きな手とがっちり握手をした。

白い馬、黒い馬

塚本邦雄はしばしば、自選と他選がぴたりと一致する例は稀であると語った。自らは「柿の花それ以後の空うるみつつ人よ遊星は炎えてゐるか」を、地上に残したい自選歌の第一として挙げつつ（一九八九年の時点）、次の歌をしばしば代表作として自選歌集の巻頭に掲げ、好んで揮毫し、朗読の録音もした。

馬を洗はば馬のたましひ冱ゆるまで人戀はば人あやむるこころ　『感幻樂』

もし馬を洗うならば、その馬の魂が冴え冴えとするまで磨きあげるのが、馬とよく意思の通じあった人の心というものではないか。同じように、人をほんとうに恋するとき、その相手の命に迫るまでおもいをつのらせるのも、また人の心の性であるという。人が心なるものを持つのか、それとも恋なるものが人を操るのか。相手の魂を手にかけようとする恋の至極を、希求しつつも、おののく人のあり様が、わずか三十三音によって照射される。

人間を「見る」馬の気性を考えあわせるとき、馬の、魂が透けてみえるかもしれない皮膚のうすさを読み取ることもできよう。ただこの一首の馬は、目の前にいる実体としての馬ではなく、象徴としての「馬」と読みたい。もちろん、「花」に色もにおいもあるごとく、象徴化された馬にも、息遣いや馬具のにおいを嗅ぎとることはできる。馬を「洗はば」と詠むことで、馬の汗やぬれた皮膚や泡だった水といったイメージも浮かんでくる。

初句が七音であること（初七調）と、語句の繰り返しも作用して、結句がまた初句へ回帰して調子は独特のうねりを持つ。「花曜　隆達節によせる初七調組唄風カンタータ」と銘された一連は、前衛的実験から中近世歌謡への回帰と取られることも多いようだが、ひとを殺めるに到る人の心を暗く情念的に詠み、おおよその歌謡にみられる開放的でのびのびとした、乾いた明るさはない。中世との関わりでいうなら、歌の背後にあるのは背筋を伸ばした武士の美学であり、武具と馬具の擦れあう音であり、衆道的な秘められた愛の世界であるはずだ。それが見当違いでないことは、一連の他の歌にも明らかである。

その点は、植木朝子著『中世小歌　愛の諸相――「宗安小歌集」を読む』（森話社・二〇〇四年）でも、「花曜」には殺意や死や残虐性をふくんだ、暗く湿った現代的性格が読み取られると、引用された歌謡の原典を挙げて細かに指摘されている。

作者は、いったいどうやってこの「代表作」をものにすることができたのだろうか。「短歌研究」一九八〇年五月号「私の推敲」という特集に、塚本は文章を寄せている。皮膚の張りつめた馬の身体を官能的に歌うとの主題を試みて、「もはや本歌取の余地もないくらゐの聳立する本歌が創りたかつた。」そして「ある夏の夜明、私はかつて観たアルベール・ラモリスの

『白い馬＝Crin Blanc』の、火中の馬の映像が、ありありと瞼の裏に顕った。」

アルベール・ラモリス監督の「白い馬（クラン・ブラン）」は、一九五二年制作のフランス映画で、四十分程の短編。十五、六頭の野生馬を統率する、鬣《たてがみ》が美しく気性の激しい白馬と、漁師の家の少年との交流が描かれる。

人間たちは、白馬をなんとか手なづけようと手を尽くすが、いつも煙にまかれている。野を優美に駆ける白馬を、男たちは羨望していたのだ。漁師の家の少年も、そんな白馬の姿に魅せられた一人だった。ある日、白馬は群の頭になろうとした馬と争って、脚を負傷する。

傷ついた脚の手当てをしてやったことから、少年は白馬と心安くなる。男らは、執拗に追ってくる。草原に火が放たれて追い詰められた白馬を、少年が先導して逃がしてやる。背に跨って、男たちの馬から逃げ、砂丘を越えて、海に入り、ついには波濤の間に見えなくなり……幕切（FIN）。

少年が、白馬と一緒に水辺を歩むことを夢想するシーンがある。空の下の二人と、水鏡の中の二人が、同時にしずしずと歩んでいくのはひときわ美しい場面であった。

少年と馬の姿が歌人の記憶の映写幕（エクラン）にうつったとき、一瞬の後に「馬を洗はば」の歌が成ったという。「少年アラン・エムリーと白馬クラン・ブランは沖の彼方に果てたことだらう。その『死』を生んだものこそ、『愛』に他ならぬ。馬もその愛に殉じたのだ」。

歌集『歌人』には、推敲過程で成った別の三首も収録されている。作者は「馬を洗はば」の一首に完全に満足していたわけでなかったのか。一瞬で成ったのであれば、どうしてその三首が公表されねばならなかったのか。本歌取りを禁ずるために、自ら試みたということだろうか。なぜ序数歌集に収められたのかも、意図ははかりがたい。

ちなみに、接続助詞「ば」が受ける文語の「戀ふ」の活用は、「戀はば」（四段）ではなく、「戀ひば」（上二段）ではないのか、との疑問が湧く。この点については、三橋光子が『古典考辞園』（玲瓏館・一九九五年）で、「花曜」が参照する歌謡の時代性と動詞の変化を博引傍証のうえ、掲出歌の妥当性を的確に論述している。

さて、塚本は「美しい馬」というオブセッションに、いつごろから捕らわれだしたのか。

初期の歌集には、「馭者」「騎兵」「荷馬車」などの語彙があるが、馬そのものの姿には固執していない。次の『裝飾樂句』『日本人靈歌』には、印象深い馬の姿もあった。

愚かしき夏　われよりも馬車馬が先に麥藁帽子かむりて　『裝飾樂句《カデンツァ》』

石鹼積みて香る馬車馬坂のぼりゆけり　ふとなみだぐまし日本　『日本人靈歌』

埃まみれになり、戦後日本の復興に寄与する、労働力としての黒い馬たちが歌われた。より観念的になるのは、『水銀傳説』『綠色研究』あたりからか。

悍馬毆《う》つ夕べの若者によするわが愛二重母音のごとし　『水銀傳説』

馬と男をのみ信じつつ潸然《さんぜん》と今日水のうへ行く夏まつり　『綠色研究』

馬は睡りて亡命希ふことなきか夏さりわがたましひ滂沱たり

苛まれ、うなだれ、筋肉がしなり、足掻《あが》く馬。その馬と青年への熱い眼差し。殴つ、といっても、以前に時代の一齣として切り取られた馬とは違い、より観想的に、審美的な方向へ歌の世界観が移行している。深夜にもうるんだ馬の眼を想う。その眼を鏡にし、おのが魂をうつすと、しとどにぬれているだろう。「美は秀麗な奔馬である」と十六歳の三島由紀夫は「花ざかりの森」に書いた。しかし霧ふりそそぐ朝、野へ放たれた馬はつまづきながら泥に染まった。以来、けがれない白馬の幻をみるひとは、稀になった……。

これらの背景が、『感幻樂』にあらわれる、「馬を洗はば」を準備していたともいえる。

瞋《いか》りこそこの世に遺す花としてたてがみに夜の霜ふれるかな　『感幻樂』

馬は人より天にしたがひ十月のはがねのかをりする風の中　『睡唱群島』

すさまじきもの霜月のうまごやし、うまのあしがた、うまのすずくさ　『天變の書』

『豹變』では「馬丁一匹」が歌われるが、それ以後、野性味のある、美しく大きな馬はほとんど詠まれない。同じ頃、雑誌「馬銜」に「馬偏文華論」を連載していた塚本の関心は、馬の「属性」や馬に関連する「語彙」へと傾く。

「馬市」「馬の赤血球」「馬盥」「馬偏の三十余字」「馬術部」や、「馬の名」……。さらに、

「馬酔木《あしび》」や「竈馬」や「馬力」や「大馬陸《やすで》」や「水馬《みずすまし》」や「白馬岳《しろうま》」も「馬」のテーマに挙げてよいだろうか。晩年、競馬場のＶＩＰ席でＧ１レースを観戦したこともある歌人は、とうとう馬を「さくら鍋」にして平らげてしまうのだが……（『詩魂玲瓏』）。

がばと起き出て二十数年前のわが遺書さがしをり奔馬忌近し　『魔王』

塚本邦雄は、かつて『蒼鬱境』を献じた三島由紀夫の忌日を、「憂国忌」ではなく「奔馬忌」と呼んだ。平成になってから、三島忌が毎年のように詠まれた。「戦中派」を自認しつつ、戦争を主題に据えた歌が量産されるのも、また平成以降であった。再軍備化への動きに対する嫌悪と危機感を露にしつつ、始まりそうで始まらない宙吊り感を、多くの歌にした。

冬の馬齒齦《しぎん》眞紅にかすかなる怒りふふみてわれに頭《づ》を寄す　『獻身』
白馬《はくば》十八頭一齊に放たれきどこのいくさにむかふのだらう　『風雅黙示錄』

馬のイデア

イデア、という考えがある。

ギリシアの哲学者プラトンの唱えた説によると、人間には人間の、草花には草花のイデアがあり、個人が亡くなったり個々の動植物がむなしくなっても、褪せることもうつろうこともなく確固としてある、そのものの本質のことである。目のまえの向日葵が枯れても、向日葵のイデアは枯れるわけではないし、花の咲かない時期であっても向日葵のイデアはびくともしない。

感覚ではとらえられないとされるイデアだが、山川草木、鳥獣虫魚、すべてにイデアがあるとするならば……馬のイデアとは、どんなものになるだろうか?

イタリア北部の中世都市マントヴァ（安土町の姉妹都市）で、石畳を歩き疲れ、何気なくもたれた壁に見慣れない鉄具があった。馬をつなぐための鉄の輪だった。馬術で知られた街だからか、回廊の石柱に無造作に金具を突き刺したものもあった。この道具は「駒つなぎの輪」とか「丸カン」などと呼ばれるようだが、必ずしも輪ではなく角ばった把手のようなタイプも見た。

北京では、やはり歩きくたびれて腰をおろそうとした紫禁城（故宮）外壁の一角で、側にあった石碑を見ると、「ここでみな馬を下りよ」とあった。今はわざわざ足を止めてみるひともいないが、碑が日常的に見られ、効力があったのは、それほど昔のことではないだろう。そういえば北京の基礎となる大都を建てたのは騎馬民族だった。

本邦に目を転じると、例えば門司港には、無数の軍馬が出征前にのどを潤した水飲み場がいまも残っているというが、省みるひとは少ない。欧州でブランド商品を追いかける観光客のどれほどが、革のバッグから馬具にまで興味を深めるだろうか。そして音楽を奏でる馬の尻尾……。

今日、一般的には馬の姿はかぎられた空間の中でしか見る機会がないけれども、長い歴史の中ではもっと身近で、親しみがあって、頼りになるゆえに畏敬の対象にもなる、優雅であるのと同時に逞しい動物だったろうと思う。「花咲かば告げよと言ひし山守の来る音すなり馬に鞍おけ」という一首をふと思い出し、鞍の重さを想う。作者は源頼政。以仁王《もちひとおう》挙兵の際七十七歳にして宇治で敗死した武士だが、歌の評価は高い。文字通り、花守が開花を告げにきたからさあ花見に行こうぞ、馬に鞍置け！　という爽快な一首。同時代の都の貴人が詠む歌とはまた違った味わいがある。大津打ち出の浜を敗走する、金覆輪の鞍を置いた「鬼蘆毛」に跨るのは木曾の冠者源義仲、一の谷の戦やぶれて汀をたどる連銭蘆毛の一騎は平敦盛、さてこそ『平家物語』の言葉で荘厳されたきらびやかな馬たちよ。漢詩の馬はどうだったか。白楽天の「琵琶行」が連想される。はげしい音楽の比喩として現れる鉄兜をよろう騎馬武者の突撃！　あるいは交通手段として当たり前のように登場し、大陸を往き来する馬たちの存在感。

中国陝西省を訪れた際、西安の東へ移動、驪山を望んだ。楊貴妃がその麓の華清池で湯浴みした山の姿は、馬のシルエットに見える。山名の漢字にその稜線がしっかりと刻まれている。三国志ゆかりの史跡には馬の姿に見える自然石が置かれていた。

中国を訪ねて、馬を見た覚えはほとんどない。摩耗してごつごつした石畳に、往来した無数の人馬の蹄の音と声を思うことはあった。特に、北京から万里の長城へ向かう道中で「居庸関」に立ち寄ったときのこと。十四世紀元代の仏塔が建っていた「雲台」は、現在土台だけが残っている。台の下は関所の門と同じくトンネルになっており、馬車二台が通れるほどの幅があるのだが、その内側には仏像や幾種類もの文字がびっしりと刻まれている。あまり紹介されることはないものの、この土台自体が博物館入りしていてもおかしくないぐらいの史跡だと思う。この雲台を通り抜ける石畳が凄い。轍《わだち》が、厚い石を溝のように削って、石にくっきりと刻まれているではないか。時はすでに自転車が激減した二十一世紀に入っていた。田舎へ行くと、埃っぽい道をまだ驢馬が荷車を引いていた……。

生きた馬には遇わなかったが、博物館に見た石彫の汗血馬の姿をいまに忘れない。罅割れがして、部分的に欠損している像もあった。しかし、彼らは千年を経ても駆け続けている。筋肉の躍動感に、馬の汗と、息遣いと、土埃が迫ってくるようだった。馬のイデアを見た瞬間かもしれなかった。次の一首は、帰国後の自作。

石の馬胴断たれてもさいごまでひとの歴史を見届けむ馬

馬がどこまでも人間に伴走してくれることを祈る。

スタシスの宝石箱　——スタシス・エイドリゲヴィチウス訪問記

1　ネヴァー・タイアド

六月六日、スタシス展がひらかれている小樽市の森ヒロコ・スタシス美術館を訪れた。今年（二〇〇三年）の三月に開館十周年をむかえた同美術館では、リトアニア出身のスタシス・エイドリゲヴィチウス、日本の森ヒロコ、スロヴァキアのブルノフスキといった作品の常設展示をはじめ、特別展として絵本原画展や、東欧各地の風土に根差した作風を持つ芸術家たちの、独自の紹介をおこなっている。

スタシスの作品は多岐のジャンルにわたっているが、実物を見たことがあるのはポスターだけであった。ビー玉かカメラレンズ、または鳥を連想させるまんまるい目に、ずんぐりした鼻、うすい唇……彼の描く「顔」はどれも同じ特徴を持っているのに、ひとつとして同じ顔はない。私のデビュー作となる『零歳の詩人』が単行本になるとき、ぜひとも彼の描く百面相のひとつを表紙カヴァーに使いたいと思った。第二作『マルコ・ポーロと私』でも、スタシス作品の顔以外には考えつかなかった。

今回のスタシス展では、パステルや水彩、鉛筆、インクを使った作品が見られると案内状にあり、いやが上にも期待が高まる。

快晴の空の下、美術館に着くと、今回の個展のために来日しているスタシス本人が、いままさに、美術館正面のコンクリート壁に、真っ赤な人物を描いている最中であった。赤い顔にあるのはまんまるい目、大きな鼻、すました口もと……人物は手を腹の前であわせているが、袖から先がない。袖の前から、白と黒の線が一本ずつ、縦長の壁の上下いっぱいまで弧を描いている。

バケツには、赤、白、黒、三色の水性ペンキが用意されており、脇には、下絵を描くためのパステルが数本転がっている。

半袖のスタシスは赤の筆を手に、塗りむらがないよう腕や肩に優雅に色を塗っていく。ペンキが輪郭の線に垂れると、指で拭う。はみだして、乾いてしまったところはカッターナイフで削るか、サンドペーパーでこすりとる。熊のような巨体を小さな脚立にのせ、こころもち顎を上げ、目を細めながら集中している。

彼が距離を置いて自作を眺めているときに、館長の長谷川洋行氏に紹介していただいた。お互いに、あまり得意ではない英単語を並べて会話をする。スタシスはR音をつよい巻き舌で発音する。「温泉が好きで、毎朝、毎晩入っている」とやさしい顔になった。高く鋭い鼻の根本に、彼の絵にあるのとそっくりな、まるっこい、あわいブルーの眼が輝いていた。

一段落ついたと思われたころ、「完成しましたか」と問うと、「したとも言えるし、まだとも言える」と肩をすくめ、歩道の端ぎりぎりまで下がって、全体像を眺めている。

私がギャラリーを一通り見て表に出てみると、白と黒の弓形の線が、下から消されているところだった。いったん右下隅に署名と日付を入れたものの、考えるところがあったようで、灰色に塗ってコンクリートの地に溶けこませている。下半分を消しおわると、人物の肩から二本の線が伸びているかっこうになった。

「ほら、天使のようになった」

そう言ったのに、数分後には上の線も消し去られた。スタシスは白ペンキの筆を持ったまま脚立から下りず、考えるより先に手が動くという感じで、目にハイライトを入れ、首の部分を白く塗った。

日が暮れようとしていた。「疲れましたか」。そう訊ねると、「ネヴァー・タイアド！」決して疲れないと絵を見上げたまま言い放つ。

「この絵を、どう思う」

「少し赤すぎませんか。白もちょびっと使われていますが」

「明日は、青になっているかもしれないよ」

続けて、「ナウ、ウイスキー・タイム！」自作を写真に収めて道具を片づけ始めた。

2　託された蔵書票

この日、長谷川氏の御自宅で、スタシスと夕食を共にする機会を得られた。サントリーのウイスキーが好きらしく、紅茶のように何杯もおかわりするスタシスの作品が、本邦で紹介されるに至った、ドラマティックな経緯を知ることができた。

スタシスは一九四九年、バルト海に面するリトアニア共和国の農家に生まれた。首都ヴィルニュスの美術学校に進学し、絵画と版画を専攻。在学中、ポーランドの国際蔵書票展で賞を受けるが、学生の参加は公式には認められていなかった（リトアニアがソ連から分離・独立するには一九九一年まで待たねばならない）。

西洋の愛書家には、蔵書票（エクス・リブリス）という名刺のような版画を蔵書に貼りつける習慣、伝統がある。スタシスが制作していたのは、小さいものでは五センチ四方、大きいものでも葉書サイズぐらいである。

彼は当時をこう振り返る。

「本もなし、情報もなし、好きに旅行もできないし、鉄の壁で四方を塞がれているのと同じだった」

二十代のころ、彼が心血を注いでいた小さな蔵書票には、私たちが「スタシス的」だと感じるあらゆる要素がすでに内包されているようだ。ボタンのような目の人物、柵の杭となった男女、紐や枝でがんじがらめになった者、車輪に翼……それらが空想のおもむくままに、不思議な構図で表現されている。

国外移住、および国外で制作をしたいという想いは容易にはかなえられなかったものの、紙一枚の小作品は、郵便を使って国外へ送ることができた。彼はひとつの試みとして、百枚ほどの銅板画（蔵書票）を、ワルシャワ大学日本学科の講師に託すことにした。この人物が知り合いの日本人画家に渡し、画家の預かったものが長谷川氏の目に触れることになった。一九七七年のことであった。

スタシスの芸術にうたれた氏は翌年札幌のギャラリーで本邦への紹介を実現した。スタシスが初めて来日したのは一九八七年のことだというが、二人の交流は四半世紀続いていることになる。

彼の創作は蔵書票に始まり、絵本、ポスター、マスク、パステル画、演劇、パフォーマンスと、様々なジャンルを開拓してきた。原点である蔵書票の一部は、いまでも同美術館で展示されている。

3　故郷リトアニア

スタシスはその後もポーランドへの移住を申請するが、却下され続けていた。紆余曲折の末、一九八〇年になってワルシャワへの移住がとうとう認可された。

「選べるということが大事なんだ」という彼は今、仕事のため一年間の予定でパリに住み、ワルシャワにあるアトリエとの間を往復しているという。

故郷にはときどき帰るのかと訊ねると、「まるでリトアニア人のような質問をするなあ」と苦笑した。「姉妹が二人いて、帰るともちろん歓迎されるけれど、それはお金が目当てなんだ」

五十歳になる年ポーランドで出版された分厚いカタログの頁をめくりつつ、彼は一枚の蔵書票を指さした。

「これは妹の姿だよ」

女性が杭を地面に打ちつけている絵だった。杭には鎖で牛の頭がつながれている。牛の頭は宙に浮いており、その牛が、ぺろりと女性の頭をなめている。背景には、彼が子ども時代を過ごした小屋が描かれている。

「彼女は牛の世話をよくし、牛は彼女のことが好き。すべての絵に、ストーリーがある」

彼が好むモティーフについていくつかきいてみると、「リトアニアには長い髪を、三つ編みにした少女が多い。波のかたちは、とても大事なモティーフだ」と教えてくれた。

波打つ線は彼にとって、「リトアニアのシンボル」なのだという。カタログで、八十年代の旺盛なポスター制作の原点ともいうべき、初めてのポスターを見せてくれた。ただ一本の木が立っている。緑は波となって縒り合わされて下におりていき、三つ編みのようになってそのまま幹となっている。

スタシスはまた頁をめくり、自身の回顧展のポスターを指し示した。水瓶を三つ頭にのせた人物像である。水瓶から流れた水がやはり三つ編みとなり、肩から胸へたれている。ここからも、波形に特別な思い入れのあることが分かる。

今度はカタログの後ろの頁をめくる。スタシスが故郷で撮影した、一九六八年頃から約二十年間にわたる、家族のアルバムが収められていた。

「これは父、これは母、農場で働いていたひとに、飼っていた犬……」

たまたま垣間見た彼の手帳も、スタシスの宝石箱のように見えたのだが、これらの写真に私は目をみはった。丸太小屋、車輪、板の柵、梯子、井戸などスタシス作品の主要なモティーフが見られただけでなく、どの人物も——特に父親が——彼の絵の人物に似ていたからだ。

「似ているとはよく言われます」

〈純粋芸術家〉であることを自任しているスタシスは、否定もしないし、強調もしない。

創作家にはいろいろあり、実生活と作品を峻別し、作品世界と日常や履歴の間にいっさい関係を認めないという立場がある。私がなじんできたのは主にそういった創作態度であったが、なんの構えもなく、ごく自然に、家族のことをとりあげるスタシスの素朴さにも、ついついひきこまれる魅力があった。

もうひとつ印象深かったのは、一九九三年、ワルシャワの小劇場で上演された自伝的演劇『白鹿』の写真を見ながら話してくれたエピソードだった。彼は脚本、舞台美術、演出はもとより、主演までしている。

母親役である女優に向かって、「ママ、何を描いてほしい?」と彼は訊ねる。

「そうだねえ、うつくしい風景とか、鹿をお描き。白い鹿を」

しかし彼は鹿を描かなかった。

舞台の最後、母が亡くなった後になって、白鹿の彫刻が現れる。

家族のアルバムは病床の母の姿で終わっていた。

和平への祈り ――エンキ・ビラルの「モンスター四部作」を読んで

パリには漫画専門店があり、大型書店にも「マンガ」コーナーが設けられているいま、「BD」（ベデ）を「フランスの漫画」と呼ぶことは少したspringめらわれる。かといってその別称「第九芸術」は仰々しい。

コマ割りが少なく、一枚一枚の絵の表現力で読み進ませるBDは、「アルバム」とも称されるように、大判で、決して安くはない。BDが本邦で知られていくよりも、外国に日本の漫画が浸透してゆくスピードのほうが、はるかに速いようだ。

月刊美術雑誌『Beaux Arts Magazine』は、過去にもBDを特集した別冊を出しているが、昨年末（二〇〇七年）にも別冊で同特集を組んだ。オールカラー百六十二頁で、三十六人の漫画家のうち、日本人漫画家としては手塚治虫、谷口ジロー、安部慎一の三人が紹介されている。

表紙は「モンスター四部作」の合本を出したばかりのエンキ・ビラル。一九五一年、旧ユーゴスラヴィアのベオグラード生まれ。パステルと不透明色彩絵具による作風の美しさや、デッサンにも定評があり、SF映画に与えた影響も少なくないといわれる。コラボレーションの仕事も多い。最近では自作BDに基づく映画「ゴッド・ディーバ」が日本公開され、DVDにもなっている。

そのビラルが一九九八年に発表した『モンスターの眠り』に、以前からひきつけられていた。

エンキ・ビラルは一九六〇年にパリへ移住しているが、祖国で起こった内戦に衝撃を受けたことは想像に難くない。故郷の動向に目をこらすように、『モンスターの眠り』は描かれた（当初は三部作の予定）。

ボスニア紛争の折、同じベッドに寝かされた三人の孤児の、三十年後（つまり二〇二〇年代）の物語だ。新国連を相手に、一神教の国際的武装組織の自爆テロが続く地球に、宇宙からの信号がもたらされる。その信号の謎をめぐって揺れる各勢力の争いに、世界にちらばって暮らしていた三人が巻きこまれてゆく――。

筋は入り組んでいて簡潔にまとめられないが、仏語の長いナレーションを、辞書を引いても理解できないときですら、人物の表情は雄弁で、充分魅力的だ。時に静謐で、時に残虐なヴィジュアル。主人公たちは、悪の力によって自我をゆすぶられるが、アイデンティティーを保つのに、作者が嗅覚を強調するところなどに、私はリアリティーを感じる。

第二部『12月32日』が世に出たのは二〇〇三年。

二〇〇六年、第三部『ランデヴー・ア・パリ』が出版された。これでも決着はつかず、すぐ翌年、第四部『quatre ?』（『4 ? 』）が「最終章」として出た。ここではじめて、三人の孤児が顔を合わせる。彼らをもてあそんでいた巨大な力（モンスター）の正体も明かされる。

エンキ・ビラルは、「絶対悪」を地球外から来た「モンスター」の力であるとした。そうすることで、人間の良心に対する一抹の希望を持とうとしたのではないか。言い換えれば、旧ユーゴスラヴィアで起こったことを、同じ人間の内側から出てきたものとは認められないとの絶望感、絶対に理解できないという心情を吐露したのではないか。

孤児の一人ナイクの父は、スナイパーに狙撃されて死んだ。そのスナイパーは妻が出産で死亡したことを悲観して自殺した。その子どもが、孤児のもう一人アミールだった。その事実を知るナイクは、しかし復讐しない。報復ではなく、アミールとの再会と対話を望んだ。第四部では、孤児たちと、人間の姿をまとい「善」や「芸術」について語る「モンスター」が、一つの食卓を囲む。

第一部の時点では、名づけられない「悪（モンスター）」が、生身の人間と対話をするとは到底思えなかった。それほど紛争の記憶が生々しく、話の運びも重苦しかった。しかしビラルは第四部で、「モンスター」を変質させた。四部作を、果てしない報復合戦（第二、三部の悪夢のような試練）ではなく、和解に至る物語として閉じた。

ビラルの和平への祈りがこめられているようにも、思った。

二〇〇〇年代はいまのところ、『モンスターの眠り』への途上にある。

さいごは言葉ではなく ——「フルスタリョフ、車を！」映画評

一風変わったこのタイトルは、旧ソ連で独裁政治を行ったスターリンが、いまわの際に発したと伝えられる言葉だ。本作は一九九八年カンヌ国際映画祭に出品されて以来、「圧倒的パワー」「なんだか分らないが面白い」と、複雑な讃辞を浴びてきた。私は登場人物たちの脈絡のない、しかも膨大な台詞に唖然としながら、監督が映画にこめた強烈な思い入れを感じ取ることができた。

監督は一九三八年生まれのアレクセイ・ゲルマン。舞台監督から映画に転じ、これまで四作の長編を発表するもたびたび上映禁止を喰らっていた。前作から十年以上のブランクが空き、本作の準備段階ではまだソヴィエト連邦が存在していた。

ゲルマンは「芸術家にとって、幼少期は人生の大半を占めるもの」という。なるほど映画は主役のユーリー・クレンスキー（脳外科医にして赤軍の将軍）の息子で、監督の分身でもあるリョーシカ少年が夢精する場面から始まる。将軍が住むアパートには数家族が同居し、その壁には各人専用の便座がたくさんぶら下がり、廊下まで洗濯物や荷物でごった返している。この雰囲気、喧騒、夜中にバスルームへ向かう少年を追うカメラの動きに、フェリーニの「８1/2」を想起したの

は私だけだろうか。時折入る少年のナレーションは少し中途半端な気がすると思っていたところ、もともとは全編に入っていたのが編集段階でカットされたらしい。それがこの映画を「わかりにくく」している原因のひとつといえるかもしれない。ゲルマンは代わりに、ロシア近代史についての概略を冒頭に加えた。

映画の舞台は一九五三年一月。モスクワ・ラジオはクレムリンに勤める医師団が、国の指導者らの暗殺を企てていると報道、ただちにユダヤ系医学教授の検挙が始まる。しかしこれはスターリンの指示のもと、KGB（国家保安委員会）が企てた根も葉もないでっち上げだった。

この反ユダヤ主義の風潮の高まりをうけて企てられた陰謀に、ユーリー将軍が巻きこまれていくというのが物語の大筋だ。将軍は一旦陰謀に気づいて姿をくらまそうとするが失敗、逮捕されて強制収容所へ送られる羽目に。拷問され、だが突如解放され、病院へ連れて行かれる。そこで将軍はいったい誰に出会ったか？

モノクロームの映像のなかを、様々な人物が縦横無尽に行き来する。彼らからは台詞だけではなく、鼻歌や唸り声やおそらく原語でも意味不明の発声が聞かれる。将軍はお茶を飲むとき、しゃっくりのように体を前後に揺らして咽喉を鳴らす。わけもなく鼻や唇を震わせて音を立てる。そういったパ行の音がやたらと耳に残る。それは必ずしも不快ではなく、アクセントとしてかえって映画に観客をのめりこませる。国家の重要人物からこそ泥まで、ドストエフスキーさながらの多彩な人間が行き交う映像の流れを、全身で受け止めるのが心地よい。

「知性でロシアを理解することはできない」とゲルマンがいうごとく、まさに体験すべき映像だ。スターリン体制下の生活、現実の過酷さと、少年の空想的世界が交互に浸透する映像世界。カメラは夢のように浮遊しつつ、将軍のスキンヘッドといかつい背中を追い続け、やがて歴史的事件の現場へ、国家元首の死の床へと到達する。

同年三月五日、将軍が目にしたのは、息も絶え絶えのスターリンの姿であった。そこで将軍は、死に瀕した「全人民の父にして親友」の手にキスをし、側近ベリヤに促されてスターリンの腹をマッサージし、最後の放屁をさせるのだ。それこそスターリンが最期に発した「音」であった。冒頭からつづくパ行音のこだまはここに収束し、再び拡散する。そしてフルスタリョフに車の準備を命じるのは、映画ではベリヤの役割になっている。

「スターリンの死」という重大事件を描くにあたって、「検閲から完全に自由になっ」て表現したという監督は自分自身の「解釈」を盛りこんだ。ソ連時代には、とても許されなかったことだ。スクリーンに渦巻く陰謀と猥雑さ、ロシアの大地で繰り広げられる混沌とした人間ドラマの中で、監督はスターリンの死を、英雄とは程遠い、汚辱にまみれた一人の人間の死として描いた。その死から、およそ半世紀経っている。配給元のパンドラが発行している『ロシアでいま、映画はどうなっているのか?』（現代書館発売）によると、現代ロシアにおける映画製作の現場は、若手の伸び悩みや資金、スタッフの激減など、必ずしも明るくはないらしい。けれどもロシアでは漸く、かつての国家元首の死をこのようなかたちで描ける時が来たのだなと思わずにはいられない。（本作は長らくソフト化されなかったが、先ごろアイ・ヴィー・シーからＤＶＤが発売され、十数年ぶりに見直した。監督は二〇一三年に死去、遺作『神様はつらい』。息子も映画監督となっている）

北京・護国寺界隈

オリンピックを二年後にひかえた二〇〇六年の北京。大阪が五輪開催地の候補としてやぶれたころから、北京の下町が気になっていた。胡同（フートン）という路地が次々に壊され、ビル群が出現しているとの報道を見ていたからだ。やはり同じころ、十三世紀ネパールの技術者、アルニコ（阿尼哥）のことを熱心に調べていた。彼は、元の時代、フビライ政権に登用されて壮麗な寺院を次々に建設していった人物であり、仏像、画にもすぐれていた。パゴダ式の仏塔を中国に伝えたことで名を残している。

路地に関しては、今更ながらと思いつつ、北京を訪れ、市内の寺でアルニコ設計の「白塔」を見ることができた。二〇〇二年に設置されたアルニコ像も確認できた。

さて、他の寺はどうなったのだろうか、と気になってくる。「护国寺（護国寺）」という通りを地図でみつけていた。やはりアルニコの手になる寺院であるはずだった。

行ってみると、確かに通りに名前は残っているが、それらしい建築が見当たらない。大通りに出て、地図を片手にひとに訊ねてみるが、あまり通じない。

ヴァイオリンを売る店があった。三十前後のあかぬけた女性が出てきた。英語は通じなかったが、目的を伝えると、私は知らないけれど、あるとしても、きっと路地の奥よ。この辺の路地って、入り組んでいるから老人をつかまえて訊いてみるのがいいと思うわ。多分そんなことを言ってくれたのだろう。領収書を一枚ちぎって、裏に簡体字で「参観のため寺院を探している」旨書いてくれた。

あそこから行ってみたら、と指差された路地に入った。

低い塀にそって歩く。たちまち埃と車の音から遠ざかる。丁字路で、一人目の老人をみつけた。ゴミを辻に捨てている。道を訊くが、「はん?」という素っ気無い反応。手を振りながら門の内側へ入ってしまった。ふと振り向くと、別の老人が辻に腰かけている。寄って紙をみせた。ここが護国寺だ、と言う。この界隈がそう呼ばれているのはわかっているが、と押し問答のようになる。そこに若者が来た。紙を見せると、「参観か」と念をおすように言う。このときの会話で、「寺」だけではなく「廟」と言ったほうが通じるようだと気づいた。「寺」だと、地名になっているから、何番地の誰の家へ行きたいのだ、ということになったのである。

さて、別の中年男性が来て、俺は知ってるから途中まで一緒に来い、と手招きする。後について、しばらくカーブした路地を進んだ。また丁字路につきあたった。俺は左へ曲がるが、あんたは右へ行って、左に折れる路地を抜け、また紙をみせるといい、と男は言い残してすたすた行ってしまった。

人ひとりやっと通れるぐらいの狭い路地を進む。

空間がひらけたと思ったら、鼻をつく木の香り。杉の皮があたりに散らばっている。杉の大木を積んだ上で、上半身裸であったり迷彩服を着た男らが多数、正体もなく昼寝をしている。低い家屋にはさまれた場所での思いがけぬ光景に、しばらく呆気にとられていたが、気を取り直して、片目を開けた手前の男の一人に、護国寺はどこか知っているかと訊ねた。知らないと首を振る。何人かが、目を醒ました。訊いても、ここの者じゃないので、奥のひとに訊いてくれ、と言う。奥の者に紙を見せると、字が読めないから、奥のひとにみせてくれと言う。一番奥に座っていた腹の出た壮年の男が、紙をひったくった。ついてこい、と顎をしゃくってみせた。丸太をまたぎながら、彼について、また細い細い路地を抜けた。

まっすぐ行け、と言われたまま進むと、とうとう見つかった。魔除けである「草獣」のならんだ甍が、コンクリートの塀ごしに見えた。屋根の側面に、紫禁城でもみられるチベット風の文様がある。鉄の門の隙間から、堂を見た。窓には板がうちつけられているようだ。

塀の隣は、「護国寺ホテル」であった。フロントに訊いてみることにした。若いベルボーイに、ベルを押せと手ぶりで教えられた。ベルなんてあったか?

ホテルを出て、門の脇に戻ると、「護国寺金剛殿」というパネルがあるのに気づいた。ベルはない。

若い女の子が二人、弁当の袋を提げて歩いてきた。ちょっと、訊きたいんだけど……。

ひとがいるの?

さあ、見たことない。

そんなことを話していると、ベルボーイがやってきて、人はいるよ、と言いつつ門の中に腕をいれた。なるほど、壁の内側にベルがあった。が、ベルが鳴っている様子はない。中に入りたいのだが、管理人はいつごろ戻るかと訊くと、うーん、朝とかに見たことがあるけど、とベルボーイ。


このホテルに泊まって待てば、と女子の一人が提案する。

そうよ、きっと午後五時には戻るはずだわ、ともう一人。

五時？　さっきは人を見たことがないと言ったのに……。

もうちょっと待って、考えてみる。

私が、やっとそれだけ言うと、どうぞお好きに、と三人はホテルに消えていった。

翌日、白塔寺を再訪し、真新しい資料館を見直した。隣の棟では、運勢占いの声とお布施がやかましく飛び交っていた。護国寺にはその後寄っていない。

洞爺丸事故

三島由紀夫の『絹と明察』を再読していて、気になったことがある。近江の紡績工場で起こった労働争議に取材した小説なのだが、作中「洞爺丸《とうやまる》」の名が出てきたことにひっかかりを感じ、調べなおした。

洞爺丸というのは、昭和二十九年九月二十六日の台風で転覆した五隻の青函連絡船のうち、もっとも大きな船の名前である。五隻の死亡者は、かのタイタニック号沈没の際ほどの数にのぼった。衝撃的な事故だが、すぐ読める資料はまことに少ない。

三島小説のモデルとなった舞台は昭和二十九年なので、ただ背景として触れただけという読み方もできる。それとは別に、小説が書かれた昭和三十九年という年が気になり、同じ年に出版された中井英夫の『虚無への供物』を想い起こさざるを得なかった。どちらも、事故十年を経て完成されたフィクションだが、事故への眼差しには相当な隔たりがある。

三島の作中、争議の黒幕である人物は「怪物」ともいわれる。斜に構えるあまり、世界的にも稀な惨事であった海難事故にすら現実味を感じず、ただやり過ごす。中井小説では、不可解な連続殺人が起こるが、その不条理の根本には、この事故で両親を亡くした兄弟の暗い情念がくすぶっていた。

『絹と明察』は三島の作品にして二万部も売れなかった。三島は翌年から遺作となった四部作の連載を始める。中井作品は現在、戦後ミステリーの最高峰としていよいよ名高く、年々新しい読者を得ているという。

「国鉄」連絡船の事故はほとんど語られなくなった。その「衝撃」は、三十代の私にとっては資料と数字から想像するしかない。だが、半世紀経って、ＪＲ福知山線のような事故が起こっている現実を、どうとらえればいいだろうか。

タバコ、ヘロイン、アブサント

苦艾（ニガヨモギ）を調合した香水が発売されたと聞き、百貨店へ出かけた。サンプルを嗅いでみると、意外と甘い香りで、アニスを思わせる。成分表を見ると、果たしてアニスシードウォーターがトップノートに使われていた。苦艾はアブサンと表記されている。同じ成分を使った製品が他にないか、訊ねてみたが、若い女子店員はアブサンが何かも知らなかった。

アブサンは十九世紀末デカダンスを代表する芸術家たちに愛飲され、強烈な酩酊作用がときに神経を破壊するとして、二十世紀の初めに各国で製造が禁止された酒である。アニスも香りづけに使われていたはずだった。なんだか胸騒ぎがして、足の赴くまま輸入食品店へ入った。

ほとんど酒を口にしないので知らなかったが、アブサンは現在合法的に製造・販売されていた。もともとは十八世紀に、医師が医療用として作ったものである。本邦では苦艾の学名に由来する「アブサント」の名称よりも、「アブサン」の呼び名で通っている。そのむかしコンフェイトが金平糖に、テンペーロが天ぷらに転訛したという説もあるが、そのようなものだろうか。百ミリリットル入りミニチュアボトル七五〇円から、アルコール度数七十度を超える六〇〇〇円以上のフルボトルまで、実にたくさんの種類が出ている。黒縁眼鏡の店員がもってきたリストによると、スプーンとグラスが一緒になった「セット」まで売る店があるという。映画で何度も見たシーンを思い出した。

――グラスに鮮やかな緑のアブサンが注がれる。グラスの縁に穴のあいたスプーンをのせ、その上に角砂糖を置いて水を注ぐ。溶けた砂糖がしたたり、グラスの液体が白濁化してゆく。アルチュール・ランボーの伝記映画でもおなじみの光景、酔うて別世界へ遊ばんための儀式ともみてとれる。映画「マルセルの夏」でも出てきたように思うと言うと、年齢不詳の店員は映画好きらしく話が弾んだ。アブサント、近年では「ムーラン・ルージュ」や「フロム・ヘル」、「ライアー」といった映画でかなりインパクトのある「アイテム」として登場した。その儀式が、いまや自宅で行えるのですよ。

店員は怪しい手つきも交えて、一席ぶった。

「パルプ・フィクション」や「トレインスポッティング」ではそれなりに目だっていたけれど、映画の作り手は、スプーンの上でヘロインを熱して液状化した部分を注射器で吸い上げるという、あのお定まりの阿片系小道具に飽いてきたのではないか――。

アブサントは長らく禁止されてきたとはいえ、一九八〇年代初めに、ＥＣが苦艾に含まれる成分ツヨンの規制値を見直す報告を出し、ＷＨＯがそれを受け、いったん承認された。それから商品化されたが、名前だけを冠した粗悪品が多かったらしい。ところが二〇〇〇年、ＥＵがツヨン濃度の新基準を定めたことで、また製造熱が盛んになり、苦艾の風味の損われていない商品が出来たのだけれど、ニガヨモギにも種類があって……。

店内のＢＧＭがヴェルヴェット・アンダーグラウンドの曲に聴こえてきた。飲んでもいないのに頭の芯がぼんやりし、店員の性別すらわからなくなってきた。

書店に寄る用があったのでまた来ると言い店を出た。

耳の底で、ある言葉が旗のようにはためいている。

「第三の御使《みつかい》ラッパを吹きしに……」

ヨハネの黙示録第八章。その一節。苦艾（ウクライナ語でチョルノブィリ、ロシア語でチェルノブイリ）という名の星が天より落ちてきて、川や水源を苦くする。そういった記述が久しぶりに何度も脳裏をよぎった。

路上で煙草を吸うひとが目立った。体に合わないことを自覚して早々とやめた者にとっては、迷惑きわまりない。屋内の禁煙場所が増えているせいだろうが、煙草は違法ではないし、副流煙など取り締まりようがない。

歩いて、言葉による酔いを醒ます。酒、煙草が駄目となると甘いものしかない。ケーキを買っての帰り道、考えた――アブサンは骨抜きにされ、香水の成分にすら名を使われ、それが何であったかも省みられないまま「アイテム」の一種として消費されていく。いっそのこと、煙草だって一度販売も喫煙も全面禁止にすればいい。禁制品ほど、うまいものはないだろう。

忘れられた遊女たち

屋久島に生える杉のなかでも、樹齢千年を超えるものだけを「屋久杉」と呼ぶらしい。地方の、大尽風をふかしていた商家を訪れた際、これみよがしに天井板に屋久杉を使っているのを見たことはあった。それが今度の瀬戸内の島をめぐる旅の途中、ある島のヴォランティアの方に案内された家屋では、雨戸や障子の腰板にまで屋久杉が使われていると聞いて驚いた。

狭い路地からは想像もつかない奥行きをもった二階建ての家屋、もとをたどれば幕府公認の御茶屋であったという。壁に遊女らの落書きが残り、ガラスで保護してあるが、平成三年の台風で建物自体が被害を受け、壁も部分的に潰えかけている。船が主な交通手段であったころ、島には四軒の茶屋があり、同地の土となった遊女は数百人にのぼる。

空き家の目立つ一画に、風待ち・潮待ちの港であった往昔の賑わいはもうない。

さきの台風で仕事道具ばかりか家を流され、いまは船の模型を作る船大工に聞いた話では、昭和三十三年の売春防止法の施行を境に、港一帯は火の消えたように静かになってしまったそうだ。

梁塵秘抄や白拍子の伝説にもつながる数々の物語が、同時に散逸したことだろう……。

わが恋は一昨日《をととひ》見えず昨日来ず、今日音信《おとづれ》無くば明日の徒然《つれづれ》如何にせん。

わが子は二十《はたち》に成りぬらん、博打《ばくち》してこそ歩《あり》くなれ、国国の博党《ばくたう》に、さすがに子なれば憎かなし、負《まか》いたまふな、王子の住吉西の宮。

仏は常にいませども、現《うつつ》ならぬぞあはれなる、人の音せぬ暁に、ほのかに夢に見えたまふ。


歌謡は歴史の闇が黒一色ではないことを教えてくれる。そして語彙ひとつひとつの音楽性を。現代の短歌には、あそびの要素が決定的に欠けている。現代の小説には、真面目さが足りない。短詩型には遊戯性と音楽を、ノヴェルには古典の深層とリアリズムを取り戻さねば、と数年来私は思い続けている。どんなにクールな詩でも、どんなにハチャメチャな小説であっても、人間であることのかなしみがかすかにでもにじみ出ていない文章は、私のもとめる文学ではない。

島では、忘れられた遊女たちの墓石が、急傾斜地整備の折にごろごろと出土したことがあった。

石に刻まれた元号は元禄年間から明治まで。

百を超える墓石は平成十五年、蜜柑畑のある丘の上にうつされ、現在海に向かって肩を並べている。故郷へとつながる海に臨んだ場所に、彼女らが供養されるよう配慮したという。

折しも五月、蜜柑の花の香りが辺りに満ちていた。

―書―
裏谷崎

手の自由がきかなくなったため、押しつけるようにして引かれた力のない線が集まり、かろうじて金釘《かなくぎ》流の文字をなして、「今から三十年前のこと／ギンザで天児阿含　皓歯にあふ」とある。「天児阿含　皓歯に」という部分、もとは「尾形皓歯」と書かれていた。推敲で最初の二文字が消され、「天児阿含」と書き直された。さらに謎めいた名詞が羅列される、続く十数行の中に、「尾形家」、「白毫皓歯」と読めるので、おそらく人名だろうと察せられるが、このままでは天児阿含なる者が皓歯という人物に会ったのか、このメモの作者が天児阿含皓歯という人物に会ったのか、またはメモの作者が二人の人物に会ったというのか、出会いは偶然のものかそれとも旧知の仲なのか判然としない。

メモをつけたのは谷崎潤一郎。これが絶筆となった。書かれなかった物語の話者を、仮に、タニザキとする。

メモがつけられた時点からさかのぼることおよそ三十年といえば、昭和十年頃のことだ。二・二六事件も盧溝橋事件もまだ起こっていない。メモによると、さらに「尾形夫人闕伽子」との出会いが予定されている。

表向きは質素を装いつつ、奢侈をきわめんとする「尾形家の様子」。

尾形家では資産家を厳選して招き、毎週密かな取引を交わしている。

タニザキもひょんなことから客人リストの末席を汚すことになった。

和洋折衷の夕食をすませると、主人が自慢げにシルクの覆い布を取る。応接間に設えられた映写機によって、「アカ子の映画」が上映される。客人は銀幕上で神秘性を増した彼女の美貌にため息をつく。

ある者はフィルムの貸し出しを断られ、ぬすみ出そうとしてひどい目にあったと聞いたタニザキは、己の破滅を予感し、みぶるいする。貸し出されるのはアカ子自身であったのに、タニザキは映像のアカ子にぞっこん惚れてしまったのだ。

一方アカ子には、「ミゾロチミ子」という妖艶な女優のともだちがおり、単なる友人以上の関係を結んでいる。しかも「阿含とチミ子」との間にも、仕事を越えたつきあいがあった……。

「アカ子の映画」。この一語だけでも、奇っ怪な筋が空想される。谷崎自身、三十代の頃映画製作に携わっていた。第七芸術にかける意気込みには並々ならぬものがあったが、実際の現場や仕上がりには失望する点も多く、わずか三編の完成を見ただけであった。フィルムは現存しない。ところが製作現場に立つ前の作である、「人面疽」が滅法面白いので、現存しなくて一向にかまわなくなる。

粗筋はこうだ。米国帰りの女優が、撮った覚えのない出演作の評判を耳にする。彼女は婀娜な花魁。邪険にあしらった乞食の恨みを買い、膝に人の顔をした腫れ物ができ、そいつが口をきくという怪奇もの。しかもそのフィルムを夜ひとりで見ると、よからぬことが起こるという噂があり……。

劇中映画を書いた時点で満足してしまったのか、「人面疽」の終わり方は尻切れトンボで、もっと続きを読みたくなる。思うに、谷崎にとっての映画とは、観るものではなく魅せられるものであった。さほど多くはない映画論では理想が熱心に語られ、映画評は概して辛口である。集団製作という過程も煩わしかったに違いない。「人面疽」は彼がまざまざと脳内で見た映画の、正直な記述であり、晩年「過酸化マンガン水の夢」においてこの方法がもっと徹底された。

大地震が早晩おこることを懸念するあまり、おちおち眠れず、地なりを空耳に聞きもだえ苦しむ「病蓐の幻想」が執筆されたのは、関東大震災の七年前であった。

経験する前に想像力と筆が先走った。経験を疎かにするのではない。苦い体験をも作品化するしぶとさをもっていた。谷崎の生涯にわたる作品群を、球体にたとえたい誘惑にかられる。創作意欲が転がし続けた玉は、ずいぶんと大きなものになった。至るところが中心で、どこから読んでもいい。「人面疽」と「過酸化マンガン水の夢」は同じ球面にある。

最近本邦でも伝記が出版されたピエール・ルイスが、フランスでは未だに異端視されているのに比べ、相変わらず大文豪といわれる谷崎は、間口の広さでずいぶん得をしている。未完に終わったもの、中断されたものを、われわれが「裏谷崎」として読みなおす空想力をまだ持ち合わせているとすれば、なお幸せだ。

遅すぎる愛などない　――ガルシア＝マルケス全小説集

前世紀末、ノーベル賞作家ガブリエル・ガルシア＝マルケスはリンパ腫の診断を受け、治療を受けることになった。『百年の孤独』（一九六七年）の作者が死にかけているという噂のなか、マルケスが友にあてたという辞世の詩を掲載する新聞まであった。それがラジオで読まれ、翻訳されながらインターネットをかけめぐった。この騒ぎは百科事典的サイトのマルケスを紹介する項目で「ある新聞は誤ってマルケスの死を報じた」と書かれるように、さらに変形し、伝播してゆくのだが、マルケス本人は辞世の詩など悪ふざけだと否定しているようである。

病気の診断は、マルケスをして、自伝を書く決意をさせたのだから悲観すべきことではない。自伝は無事出版された。それに続く、十年ぶりの小説、『わが悲しき娼婦たちの思い出』の語り手に耳を傾けよう。

年はとるものじゃなくて感じるものなんだよ、と「私」は言う。

「私」は文章と音楽を愛する八十九歳。短波放送をキャッチして記事になおす仕事を続け、日曜版のコラム欄も担当している。内気で容貌に自信がなく、親友といえるような友は持たない。知人も多く鬼籍に入ってしまった。

そんな「私」は、九十歳の誕生日に、突拍子もないことを思いつく。うら若いきむすめを、自分への贈り物にしようというのである（余計なことだが、マルケスは一九二七年生まれで、本作を発表したのは二〇〇四年）。

回想記の筆者は、実はこれまで関わった敵娼《あいかた》の数五百人以上という千軍万馬のつわものであった。タイトルからまず想像してしまうが、本篇はそのカサノヴァが老いて華麗な遍歴を次々に回想するお話、ではない。

「私」と少女の出会いと別れ、関係のもつれが話の主軸になっている。いや、少女はほとんど眠ったままで、一語も発せず、読み書きもできない。だからこの「思い出」は、「人を愛したことがない」利己的な「私」の、遍歴の総仕上げであり、一人相撲めいた記録になる。

「私」は馴染みの娼家のおかみに二十年ぶりに連絡を取り、発覚すれば手がうしろにまわる企みについてなんとか話をつける。

用意されていたのは、薬で眠らされた一糸まとわぬ十四歳位の少女で、語り手は戸惑いつつ、添い寝する。工場へ自転車で通っている、おそらくは金のためにふるえながらベッドで待っていた少女。この一人の少女との短かすぎる蜜月に入れあげるようになり、ふるえるような感動をおぼえる「私」。

川端康成（享年七十二）の『眠れる美女』が冒頭に引用されている。マルケスは同作に「圧倒され、眩惑された」と書いている。久方ぶりの新作は、湿気と陰翳の国で生まれた川端の短篇の、コロンビア風の気候と気性による、語りなおしだといってよい。

設定は似ているのに、起こる事態はかなり違い、読後感もずいぶん違う。『眠れる美女』で、毎晩別の子があてがわれるのを不承不承受け流す、江口老人（六十七歳）の融通のきく態度に対し、マルケスの語り手は自我が強く、見初めた少女にどこまでも拘泥し、愛憎が増幅してゆく。一番の違いは、川端の話では老人は人畜無害でよもや間違いの起こる筈はないのが添い寝の特権を享受する条件だったのに対し、マルケスの話では、何もしなかったとき、おかみに、「男らしくふるまってもらわなければ困る」とたしなめられる点であろう。

母の遺品で少女を飾ってやるなど、日本的な感性では理解しがたいところもあるが、『眠れる美女』にも、血をはいて死んだ母の像が少女と添い寝している最中に甦ってきて、女なるものの根源を幻視する場面がある。作者たちは、孤独な老人の幼児返りといった単純なフレーズではくみとれない、神秘にふれ得たのではないか。横暴な独裁者をあつかった『族長の秋』などで繰り返される「孤独な水死人めいた眠り」というマルケスの表現は、江口老人にこそふさわしいと思えてくる。

川端にあった、濃密な回想・うしろぐらさ・沈着冷静な観察といったものには、一途さ・あけすけなさま・感情の爆発が取って代わる。

誕生日祝いに社員から贈られた子猫の世話をもとに、「私」が「猫殺し」に反対するコラムを書いて反響をよぶ件では、つい最近、本邦でも肯定論と否定論が週刊誌やブログを賑わしたことを想起する。

恋についてのコラムが支持されるとか、二十二年間仕えてきた小間使いの女の、神様のはからいで旦那さま以外の男を知りません、という言葉に胸をつまらせるあたり、短いのに印象に残る、著者得意のエピソードにも事欠かない。

眠りっぱなしで、さいごには冷たくなってしまう『眠れる美女』の少女とはちがって、こちらの少女はやがて微笑をかえし、キスに敏感に反応し、野生の香りを放つようになる。

おかみも、町で偶然再会したむかし馴染みの元娼婦も、その館へ「私」を連れてゆくタクシーの運転手も、みな「できるかできないか」に価値を求めようとしているようだ。しかし「私」は、十代から自分をくるしめてきたくびきから解放されるような、ちがった愛のかたちを発見し、夢中になる。

ついには死の覚悟をもって、さいごの床へ足をさしいれるに到るのだが——。

「私」は幸福このうえない、あらたな誕生日の朝を迎え、少女を、館ごと引き受けようと考えるに至る。わずか数年で少女が少女でなくなることなどは脳裏にない。「幸福な予感」に包まれる結末は、徹底的に自己中心的な男への憐れみと皮肉をまじえた、生命の讃歌と見える。

訳者によれば、本作の二十年前に書かれた『コレラの時代の愛』の主人公やヒロインの面影がちらつくという。ならば、自伝もふくめた『ガルシア＝マルケス全小説集』の連続刊行を期に、時間を遡り、見逃していた小説のドアをひらこう。

ほんとうの声　——ハードでヘヴィーな翻訳小説

スノーマンは文明の渚で瓦礫を拾う。

スノーマンはかつて別の名前をもつ少年だった。だけど彼の話し相手はいま記憶の中にしかいない。唯一の親友は新世界のおえらい研究者になって、隔離された安全地帯に住んでいた。唯一の彼女は、ネット上でいかがわしい行為の捕囚になっているかなしい瞳の美少女だった。二人をめぐる記憶と、ひとりぼっちの世界が交錯する。スノーマンはいつ、二人に再会できるだろうか？

カナダの作家マーガレット・アトウッドの『オリクスとクレイク』（畔柳和代訳・早川書房）。バイオテロによって終焉した近未来の北米大陸でのお話だ。

東日本大震災後、半年ほどまともに本が読めなかった。マスメディアがもうなんともないと大きな声でいうたびに、危機感が募った。なすすべもなく時間だけが過ぎた。ある者は去り、ある者は斃《たお》れた。言葉を発しても、つるつるの板の上をすべっていくようにしか感じられなかった。言葉をもっとも届けたいひとの心にすら、深層にまでは届かなくなった。

秋からの仕事に備え、おとろえた筋力を少しずつ試すように和歌の言葉を口にのぼせ、次第に文章にもどっていった。もともと翻訳小説が好きだったが、このような世にあっても、何冊かの優れた本に出会うことができた。アトウッドの作もそのひとつ。舞台となる未来の世界は、これより前に訳出されていたイギリスの作家P・D・ジェイムズの『トゥモロー・ワールド』（青木久恵訳・早川書房）に通う（原題ザ・チルドレン・オブ・メン。アルフォンソ・キュアロンが映画化）。

欧米を代表するような女性作家が、子どもが生まれないか健常に育ちにくい社会を終末的に描いているのをどうとらえればいいだろう。アン・マイクルズの『冬の眠り』（黒原敏行訳・早川書房）も痛切であった。喪失と再生（への意志）が痛ましくもうつくしい詩人の言葉で綴られていた。いずれもハードだ。読後感はヘヴィー級だ。読み通すにはそれなりの準備がいる。そして、そういった小説を評価している海外の読書界に、羨望を感じもする。

もう一冊。ダニエル・アラルコン著『ロスト・シティ・レディオ』（藤井光訳・新潮社）。

長引いた内戦の結果、村村の名は消され、行方不明者は数知れない。政府は戦争などなかったことにしようとしている。ひとびとは毎週日曜日の晩、あるラジオ番組に耳を傾け、スタジオに電話をかけることで、現在と生きた記憶をなんとか結びつけようとする。ときには偽物の感動もあったが、月に数度、本物の感動の再会があり、祝福された。

番組名は「ロスト・シティ・レディオ」。自身も十年間連絡の取れない夫を待ち続けるノーマが、彼女の声が、リスナーには一筋の希望になっている。

ある日、都会のスタジオに、一人の少年がジャングルにある村から、不明者の名簿を手にしてやって来るところからこの物語は始まる。

ノーマは少年と出会うことで、スタジオの外へ、「町」へ出る。そこで、自分でも気づかなかった声の力を知る。「名前」のもつ生命力に、あらためて気づかされる。名前とは単なる言葉や記号ではない。生死もわからない一人の人間を待つ者にとって、その名には記憶のすべてがからみついており、気安く他人に教えられない神聖なものだった。

行方知れずの家族の記憶として、似顔絵というもうひとつの「名前」も大切な役割を果たす。歳月による断絶と共に、地理的な断絶もこの小説の重要な要素である。

ジャングルは反乱分子の隠れ家になっていた。どことも知れない場所に、「月」と呼ばれる収容所があった。仲間による密告や男女間での裏切りがある。友人や配偶者のことをわかっていたつもりで、実は何もわかっていないことがある。彼ら、彼女らの名前を今まで通り呼んでよいものか、という問いが読者に投げかけられる。それでも登場人物の一人一人は、根は善良であり、奔流にまきこまれてどうしようもなくなっただけなのだと受け取れるのは、作者の冷徹で乾いた文体のおかげだろう。

アラルコンは、一九七七年、ペルー生まれ米国育ちの作家。都甲幸治著『21世紀の世界文学30冊を読む』（新潮社）でも紹介される、英語で書く新世代の一人。フラッシュバックの多用は、ノーマの不安定な心をうつして、時に読者を動揺させるけれども、ノーマがどんなに崩れ落ちそうになっても、読者はノーマの心に寄り添いながら、やがて彼女の〈ほんとうの声〉を聞くようになる。

課外活動のさらなる外へ

――島内景二著『中島敦「山月記伝説」の真実』

「山月記」は高校で教えられる現代国語の教科書の定番となっている。一流の詩人になりそこねた男が虎に変じ、栄達を遂げたかつての友人に藪から語りかける物語のあらましは、改めておさらいするまでもないだろう。「臆病な自尊心」と「尊大な羞恥心」という文言は、一度読めば心のどこかに突き刺さっているはずだ――そう断言したくなるほど評者もよく覚えている。「狷介」という一語を見ると、今でも「山月記」の冒頭が即座に連想される。当時、古書で旺文社文庫をもとめて原典となる「人虎伝」を読み、「山月記」との相違と「そのまんま」の箇所があることにまた驚いた。

著者の島内氏は、従来の「山月記」論がこの「人虎伝」との比較を専らとするものが多いことに飽き足りないという。複数の創作家が「人虎伝」に想を得た作品を書いていたことが紹介される。しかし敦の作品が群を抜いて存在感を示し続けているのはなぜか。

氏の「山月記」への思い入れに他を圧するものがあるのは、「『山月記』には、読むものの心の奥底に働きかけ、何かしらの行動に走らせる導火線が潜んでいる」という一文から端的にみてとれるだろう。

二〇〇九年は中島敦の生誕百年の記念すべき年となる。太宰治や松本清張と同じ年に生まれた。不本意な教師生活を続け、小説が商業誌に出始めた矢先、三十三歳にして病に倒れる。ここまでは授業でも習うことだろう。生前は無名に等しかった早世の作家という「肩書き」にも、十代の感性のアンテナは敏感に反応すると思う。

高校生にとって、三十三歳は遠すぎる未来である。しかし実際にその年齢を過ぎると、十代で想像した未来よりも、三十代で想起する十代の方がときにはるかに遠いことに思い至る。気がつくと、「臆病な自尊心」と「尊大な羞恥心」を載せた天秤は、後者にいっそう傾いているのではないか。本書は「空費された過去」（「山月記」）に胸を掻きむしったことのあるすべての読者に向けて書き下ろされた。

無名作家の短編が、どうして長く読まれ続けるようになったのか（巻末に全文が収録されている。新書版でわずか十二頁）。「山月記」は戦前の教育を受けた敦が戦時中に書き、発表したもので、評価の確立は戦後になってからだった。その契機となったのが、教科書への採録であった。初めて教科書に登場したのは、なんと昭和二十五年であるらしい。「伝説」がそこから始まった。

教科書掲載に至るまで、一体どのような経過があったのか。著者はそこに、「山月記」に描かれているような「友情」を見て取る。敦の原稿を預かっていた深田久弥が、まず内容に打たれた。その推薦によって『古譚』という総題で他の短編と一緒に「文學界」に掲載された（真珠湾攻撃直後の昭和十七年二月号）。戦後、「山月記」のみが教科書に掲載される。（旧制）高校時代からの敦の親友、釘本久春という人物がその労を取った。

釘本という人物に焦点をあてた第三章がとりわけ興味深い。戦中から戦後の長きに亙って文部官僚として重要な役職を歴任している。戦前は外地での日本語政策に権限をもっていた。敦のパラオ赴任も釘本の計らいによる。戦後の国語改革、新字・新かなへの移行の際、文部省内の実質的な責任者でもあったというからますます関心が深まる。

中島敦は、作品からイメージされるような知一辺倒のひとではなかった。父は三度の結婚をし、敦自身も女性問題に揺れた。著者が言う「闇」の面も抱え苦悶していた一青年であった。

友人たちが「山月記」をどう読んだか、という点に島内氏の想像力は集中してゆく。

かつて同窓や先輩後輩の仲であったが、いつの間にか一介の教師と出世街道を歩む文官という「格差」が生まれていた。彼らは作品に、自分たちの若い日々の残影を見たはずだという。「一部なりとも後代に伝えないでは、死んでも死にきれない」と慟哭する虎に、中島敦の叫びを聞いた。友人たちが戦後『中島敦全集』出版に奔走し、妻子の生活を援助した逸話も、作品の中で完全に虎となるまえに李徴がさいごの願いとして自作を書き取らせる場面や、詩を詠じたあと自嘲気味に家族を頼む場面に重なってくる。パラオから帰国し、その年の内に敦が逝去したことを考えても、説得力のある見方である。作品が、未来の人間を動かしたのだ——。

若いときに釘本久春の中世の和歌研究に触れ、発奮したという経歴が島内氏にはあるらしい。釘本の「国語」観及び「理想の国語教科書」像と、戦後の「新しい」高校生との間に、感覚や意識のずれはなかったのかという疑問も湧くが、これはおそらく「人虎伝」との比較検討につながる問題になるだろう。

それはともかくとして、中島敦に光源氏を一瞬重ねてみたり、敦の伝記的事実を追いながら、詩を求め短歌を詠む姿が紹介されているのも、著者ならではの視点といえる。

この丘に眠る船乗《マドロス》夜来れば海をこほしく雄叫《をたけ》びせむか
目くるめく海の青さや地獄なる紺青《こんじやう》鬼《き》狂ひ眼内《めぬち》に躍る
裸木《はだかぎ》に昼月《ひるづき》かゝりゐたりけりわれ三十《さんじふ》になるといふ冬

雄叫びや鬼の幻影といった烈しい言葉使いとイメージ。而立を迎えた焦りと無力感。「虎」は、着実に成長していた——。短歌への言及は、敦の現代小説が韻文の香気を濃くまとっていると指摘することになる。「和歌《うた》でない歌《うた》」など、歌稿は八百首以上遺されている。

敦の他の小説にほとんどふれないのも、特徴的である。あくまでも「名作」誕生の瞬間に焦点を合わせてゆく。それは「伝説」を解明するのでなく、伝説の補強になるのでは？という見方も出てくるかもしれない。しかし、「読むものの心の奥底に働きかけ、何かしらの行動に走らせる導火線が潜んでいる」という件《くだり》を考え直すと、「山月記」は常に鋭敏な感受性を刺戟《しげき》し、ひと（教師、生徒）を実際に動かし、時の試練に耐えてきたことが想像できる。その伝説は流動的なのである。『中島敦「山月記伝説」の真実』は伝説誕生の光源を明らかにし、かつ教科書という制度的な枠に収まらない作品の強さを教えてくれた。

本書はその生命力に触れた文学愛好者を課外活動の、さらに外へと誘っている。

戦いの谷間で

――菱川善夫著作集② 『塚本邦雄の生誕　水葬物語全講義』

二冊の「未刊歌集」、母の追悼歌集などをのぞくと、歌人・塚本邦雄の出発点が、一九五一年刊行の『水葬物語』（以下『水葬』）であることにほぼ異論の余地はない。しかし限定部数であることと、初出誌の不明または散逸によって、今も謎の多い歌集であり続けている。畏友杉原一司に捧げられているのは誰もが知るところである。杉原は十代の頃から前川佐美雄に師事、戦後「日本歌人」（当時は「オレンヂ」）復刊直後からの同人であり、「メトード」以前にもいくつかの同人誌で健筆をふるっていた。

歌集が畏友に献じられたものだとして、ではそもそも、どうして水葬なのか。この、もっとも単純な問いに答えるのは難しい。民俗学者の谷川健一は、塚本との対談（「短歌研究」一九八九年八月）で、水葬や水銀といった自分に関心のある題名を早くからつけていることにふれ、沖縄の風葬の場所について次のように語っている。

谷川　もともと、私は水葬だったと思うんですよね。宮古で水葬があったという話を聞きました。それから水葬がある地帯はやはり日本海の沿岸、山口県、島根県、鳥取県あたりが多いですね。（塚本の発言略）昔は出雲の国造がなくなりますと、赤い牛に死体を結びつけて大社から東南にある菱根の池、その池はもう今は埋まっておりますけれども、そこに沈めたというんですね。

『水葬』制作当時、松江に暮らしていたはずの塚本は、明快な答えは返していない（杉原は鳥取県丹比村出身）。作者であるから当然と言えば言える。出雲の神域で雌伏していた塚本は何を考えていたのか。この方面からのアプローチは未だない。

さて、菱川善夫は、作品に近づくには、「作品を徹底して読むこと」が「すべて」であるという。この態度を貫徹することは、口でいうほど楽な道ではない。歌集の歌を一首ももらさず読み解いてゆく「全講義」には、都合七年間の時間が必要とされた。まず、『水葬』の扉に引用されているアルチュール・ランボーの詩の一節を、原典に立ち戻って、どういうコンテクストで書かれた一節であるかを詳述する。「全講義」にふさわしいたっぷりとしたイントロダクションであり、全講義の手法自体が自然と読者の読み方にしみとおってくる趣向にもなっている。

水葬・物語。――歌集によって物語るとはどういうことか。物語には主人公がいる。『水葬』では、「われ」ではなく「われわれ」が語る。菱川は「水葬」という語に、杉原一人ではなく、戦争で亡くなったたくさんの死者、「普遍的な死者」がふくまれているともいう。われわれの物語によって、多くの死者の鎮魂も成立する。すなわち、写実でないがゆえに単なるロマネスクとしてみられてきた歌集には、存外時代背景が濃厚に読みこまれているとの指摘。『水葬』は時代と確かに切り結んでいたのだ。氏によると、左のバベルの歌で死ぬ大工は杉原、痛みに耐えているのは塚本、海底の夜は死者の時間であり、鎮魂の儀式と戦争は決して終わっていないと説かれる。

つひにバベルの塔、水中に淡黄の燈《ひ》をともし——若き大工は死せり

てのひらの傷いたみつつ裏切りの季節にひらく十字科の花

海底に夜ごとしづかに溶けゐつつあらむ。航空母艦も火夫も

菱川は語彙を丁寧にひろってゆく。曰く、地主、乞食、賠償、市民、バル、バレリーナ、仲買人、「リーダーズ・ダイジェスト」。一連の語彙への注目からは、歌人の文化的関心と共に、占領期を経て朝鮮戦争へなだれこんでゆく「戦後」という時期がみえてくるようである。「見えているものだけを見て作りだす秩序の明快さにくらべたら、全講義という形式は、最初から闇をふくんで」いるとの認識のもと、各章に通底するテーマをすくい出し、寓意を掘り下げて読みこんでゆく。その場の緊張感は、講義そのままの話体があますところなく伝える。生と死、エロスのテーマの掘り下げは、ときに執拗ですらある。たとえば次のような歌。

銃身のやうな女に夜の明けるまで液状の火薬塡《つ》めゐき

乾葡萄のむせるにほひにいらいらと少年は背より抱きしめられぬ

寶石函につけて女帝へ鄭重にのびちぢみする合鍵獻ず

これらの歌を直截的な言葉をつかって語るのに、一部の読者は反発を感じるかもしれない。全講義という闇をふくんだ手法により、見たくなかった部分もみせられるということになろうか。「レ・ポエム・ドロラティク」がバルザックの『レ・コントゥ・ドロラティク(風流滑稽譚)』をふまえているとの指摘など示唆に富む。「パソ・ドブレ」についても、修辞の面白さは言われてきたが、きちんと物語として(あるいは、大きな物語の中の小さな物語として)読まれてこなかったことを指摘し、陳述している。時に意表を衝く参照文献。太宰治『斜陽』、ウンベルト・エーコ『薔薇の名前』、ゲオルギウ『二十五時』、寺山修司『血と麦』、白川静『字統』、テネシー・ウィリアムズ、北原白秋、『ゲバラ日記』、大江健三郎、井原西鶴……名を挙げてみるだけでも、全講義の面白さが垣間見られるだろう。

中井英夫編集長時代の「短歌研究」に、総合誌デビュー作として載った十首のタイトルは、「弔旗」であった。「日本歌人同人」と署名のある塚本自身の短文には、自由・平等・博愛の三色旗ではなく、不信・抵抗・野望の旗が心にはためいているとある。「戦いと戦いの谷間」である「近代」という時間は、「勇気と誇りを持つ青年のみが生き得る」とのマニフェスト。

独創とは、文字通り孤独な作業である。ただ、前川佐美雄の孤独と違って、塚本(たち)は過去に学び、すぐれた批評家と同行する幸運を得た。(『前川佐美雄』三枝昂之)

本書が、北大の学生時代、塚本作品に出会い、「反逆の兄弟」がいると感じた菱川善夫による、もうひとつの鎮魂として刊行されたのはいうまでもない。

のちに来るもの　――セレクション歌人『尾崎まゆみ集』

本歌集は、歌人の藤原龍一郎と谷岡亜紀のプロデュースによる叢書「セレクション歌人」の一冊として邑書林から刊行された。第三歌集『真珠鎖骨』の刊行と時期が近かったため、既刊歌集二冊と、「短歌」などの総合誌に発表された散文を収める。二つの歌集から自選して一冊を編むとなると、ごく単純に考えて選歌の割合は半々になりそうなものだが、第一歌集『微熱海域』から採られたのは一連三十首と、一連二十首のみ。第二歌集『酸つぱい月』は完本である。

尾崎まゆみの師である塚本邦雄はしばしば、齋藤茂吉の改訂版『赤光』を引き合いに出しつつ、初めの歌集というのは後年読み返すと鼻につくことが多く、気恥ずかしい部分もあると言い、「可能ならば『水葬物語』をすべて回収して燃やしたい」とまで口にしていた。

青春の集大成として処女歌集を編んだのち、ぱったり実作から離れる者もいれば、いっそう創作に励む者もいる。どちらにせよ覚悟が必要であろう。尾崎まゆみはどうであったか。五十首の抄出に、手がかりが残る。


しあはせの幾通りもの壊し方描きつつ風辛夷を散らす

父の日とブルームの日と重なりてひとひ濡れたる青空の色
手に触れるすべてを隔つわたくしと言葉としての三夕の歌
五月晴れ髪かきあげてやがて来るしあはせもふしあはせも待つ

すがれた落花に重ねる悪意。ジョイスの大作『ユリシーズ』にちなんだ記念日（六月十六日）を、湿っぽい日本で迎えること。自意識と言葉と触覚の三竦《すく》み。ここには世界を言葉で語りつくそうとする意志に加え、五月晴れのような心の自由さと余裕がみてとれる。その後順調に、何事も起こらなければ、同じ作風を保ちつづけ、いつかは作歌に飽き、また飽きられることがあったかもしれない。しかし高踏的でどこか冷淡な作風に、否応なく変革をせまる出来事が起こる。阪神淡路大震災。罹災から一年後、尾崎は町を歩きながら、忽然と山中智恵子の聞こえた一首、「一枚の硝子かがやき樹を距つむしろひとに捨てしは心」（「鳥」『紡錘』）を全身で理解したと書く。

人は「脳」だけではなく「身体」をも含めた「全身」で思考するものだということを実感したこの貴重な体験のあと。私の中の何かが「身体のレベル」で変わった。（中略）短歌に対する姿勢は激変した。（本書所収「樹を隔つ」）

嘱目を拒む塚本邦雄の「玲瓏」に、望んで参加した歌人であるから、歌に震災体験の反映などをみるべきではないと考える一方、ここまで明言されると、歌を読む際考慮にいれざるを得なくなる。できるだけ「作者の言」に流されないように歌そのものを追っていこう。

国家より個人が素敵人生は可変動詞の変革の語尾
右横のジッパーを開け感情が壊れるまでの過程を愛す

他にも「虚実皮膜」「絶望」「情熱」などの固い語彙が散見されるのは一種の自己防衛であり、生の感情や人生観を出さぬための言葉の鎧である。しかも言葉に全幅の信頼を置くにもあらず、言葉のみによる認識に対する不信感も、時に露にする。

てのひらでさはる額の輪郭と百合の木今日のすべてを畢る
安全ピン突き刺したまま爪先で立つてゐるあの季節が欲しい
酢の中に閉ぢこめてゐる感情の痛みすべてを「つまり」が浸す
血の甘く匂ふ今宵の投げ捨てることもできない役割の顔

無力感と虚脱感に苛まれ、しかも浮世にて生き続けなければならない。どこかで無理をしている。阪神間の地名を詠みこんだ歌は敢えて引用しない。作者像と歌を重ねて読むと、いずれの歌も痛々しい。作者の経歴を離れて歌のみを見た場合、ことを震災に限らずとも、災厄のあとの心理が表現されているという意味において、あの震災に限局されない、普遍性がないだろうか。『微熱海域』の余韻がのこる歌もある。

春霞掠める大地恋愛の基礎力学が思ひだせない
指の先腕から背中足首へ時に「楽器」として試される
突風のなかのほほゑみ手を上げておほきな腕に絡めとられつ

前記「五月晴れ」が若さゆえの傲慢さだとすれば、「春霞」にはより遠くまで見通そうとする視点がある。「生きた楽器」として稀にはよろこびを取り戻し、風の中の抱擁に刹那驚き、身体をゆだねる。

読みすすめるうちに、『微熱海域』でみられた華麗なレトリックは鳴りを潜め、地味なまでに語彙が限定されていることに気づく。唇や手・掌が頻出するのはどうしてか。くちびるは言葉の出口であり、手はからだの先端だからだろうか。

思ひふりしきる菜の花わたくしのからだあふれるたましひを見て
白雨通り過ぎて言葉がびしよ濡れの重たさにたましひが汚れて
ゼムクリップにとどめるひかりとめどなく真夏あたしを溶かしつづけて

身体を盛んに確認しつつ、魂についても詠唱するのだが、結句を言いさしたまま、それ以上の判断や認識を停止させることからも分かるように、これらはまだ魂の奥底までふみこむものではない。先へすすむことを躊躇している。ここで歌われる魂が「複数の魂」であるため、安易な結論がゆるされないのだと私は考える（よりストレートな感情表現は、第三歌集まで時間をおかねばならなかった）。

水を閉ぢこめ泡があふれるわたくしの立場とメイク落としをえらぶ
かなしみはすきとほるまでてのひらに夏の光を浴びて鍛へる
はじまりの時の思ひはいぢらしく器としての水の明るさ

マイナス感情の後にくるこうした始まりへの予感、生への意志を詠み得たことで、歌集としての強度は格段に優れたものとなる。『酸つぱい月』にみられる静謐な悲しみの歌は、さらなる未来、さらなる破壊に見舞われたひとのこころにも、しずかに届くにちがいない。

聖書を文学として読む　――笠原芳光著『増補改訂　塚本邦雄論　逆信仰の歌』

聖書を文学として読む。そんなことが可能だろうか。

初刊から三十七年ぶりに再刊された本書が論じる塚本邦雄とは、日常生活を題材にして日常の雑感を出ない短歌を、文学表現として革新しようとした歌人であった。西洋文学も多く取りこみ、西洋文化の根幹となる聖書の研究にも余念がなかった。

二〇一一年の六月に七回忌をむかえた。黙示録に想を得た苦艾《にがよもぎ》の歌が改めて注目された。ロシア語のチェルノブイリは苦艾をさす。『ヨハネの黙示録』に記述があり、歌人は一九七〇年代から繰り返し歌ってきた。

予言が当たったとするのは一面的な捉え方になる。それならば旧ソ連の事故が昔から予言されていたという、ノストラダムスのような話で終わってしまう。

歌人の若い日の足取りは今日ではかなり明らかになっている。聖書を本格的に生きる糧としだしたのは戦後、結婚してからであった。

そこから、祖国を失いはしたけれど『旧約聖書』を持ち得、長く伝承し続けているユダヤの民への羨望に似た眼差しが指摘できる。自分は日本人であるから、国家の破綻と辛酸と未来への警告を、日本の伝統詩歌で表現しようという意欲が理解される。

塚本の『新約聖書』への関心は深く、一青年としてのイエスと、神格化されたキリスト（救主）とを峻別し、ひたすらイエス自身に迫ろうとする。文学テキストとして批判的に読みこむことで歌人が得たものが、本書で「逆信仰」と呼ばれる。神を否定し、教団となったキリスト教を疑いつつも、そのような否定と批判によって神やキリスト教にのめりこむ逆説的な信仰であると説かれる。いわば魂を裸にして聖書に向かう創作態度だといってよい。

五月來る硝子のかなた森閑と嬰兒みなころされたるみどり　『緑色研究』

嬰兒は、えいじ（又はみどりご）と読む。新緑の季節、「私（たち）」はガラス越しに幼子の声の絶えた世界を眺めることしかできない。以前は、ヘロデ王がキリスト生誕を危機と感じて命じた虐殺を題材にしていると解釈できたが、レベル7の原発事故が起こった今日、どう読み直せるだろうか。

扇のかなめ　――塚本邦雄の小説

迷路には入口と別に出口があるが、迷宮の出入り口は一つである。迷宮の深奥で秘宝を手にした者は、必ず来た道を辿りなおし、同じ扉、同じ門を潜らなければ帰還できない。

迷宮にも似た塚本文学において小説がいかなる位置にあり、どのような意義を持つのか考えてみたい。塚本の著述活動において小説は、まず「反歌を伴ふ瞬篇小説」という形で現れた。一九七一年二月に出版された『悦樂園園丁辭典』に収録された小品集であるが、これは塚本の小説に瞬篇という名称が冠されるはじめでもある。ふるくは川端康成や久生十蘭に「掌篇小説」の名作があるけれども、それらよりもさらに短い、読むのに一分もかからない駿足の文であるから、いかにもふさわしい名称である。

一年後、最新小説集と銘打たれた『紺青の別れ』が出版されている。収録作は瞬篇というほど短くはなく、一般的な意味での短篇集と捉えてよい。翌年には『藤原定家　―火宅玲瓏』と『連彈』が、さらに一九七四年には長編ミステリー『十二神將變』が刊行され、以後流星のように小説群が登場する。歌集として数えられている『青き菊の主題』（一九七三年）では、「韻文と散文の全き蜜月」を夢みた小説作法が、一旦瞬篇群として独立する契機となった。

それにしてもなにゆえ小説が量産され始めたのだろうか。『悦樂園園丁辭典』と同年に出た第七歌集『星餐圖』の発行日が三島由紀夫の一周忌にあたり、つづく一九七二年八月の第八歌集『蒼鬱境』が三島（と岡井隆）に献じられたのはよく知られているところである。「三島以後」にあえて小説を書くことの困難と試行が意識されていなかったと考えるのは理に適わない。まして生前の三島には定家卿を主人公にした長篇の腹案があったという。三島が書き得なかったものを塚本がどうして書きえたのか。それは塚本邦雄が歌人であったから、という理由は、単純このうえないが充分な理由になるのではないかと私は考える。定家を書いた後も、いやこの後からこそ、小説にも貪欲に取り組んでいく。

小説群には、瞬篇の流れに、歴史小説群と呼べるもうひとつの流れが併走している。『藤原定家』に続く『獅子流離譚』（一九七五年）はレオナルド・ダ・ヴィンチ、『露とこたへて　―業平朝臣物語』（一九七六年）、イエス・キリストの素顔に迫る『荊冠傳説』（一九七六年）、後鳥羽院を描いた『菊帝悲歌』（一九七八年）。歴史上実在したと信じられる人物ないしその周囲の人間達を主人公にしているということで、歴史（時代）もの長篇と捉えてよいだろう。

歴史長篇以外の瞬・掌・短篇小説に共通する性格として、絵画、音楽、詩など、作品の鍵となる主題を一つから複数もつことが挙げられ、資料に即して話が創出されているようですらある。衒学的で趣味的なものにならざるを得ず、筋を追うよりも、一種の評論か、同じ主題を詠みこんだ短歌の注釈として読むほうが面白い場合もある。また、塚本小説の特徴として会話が極端に少ないことが挙げられる。ある人物の長広舌はあっても、一方的なのである。短篇でありながら長篇に仕立てられるような複雑な人間関係が、あたかも映画のシノプシスでも書くごとく簡潔に、かつきらびやかなレトリックで矢継ぎ早に繰り出される。慣れぬ読者はその速度についていくのがやっとで、しかも瞼の裏に張りついた残像から容易に逃れられない。構造がむき出しの、対話のない、人間関係を凝縮した作品世界。美といおうが幻といおうが、この瞼の裏にひりひりと残る別世界こそ、現実に拮抗してそれだけで自立して存在し得る、反世界なのである。そこでは虚言、背信、殺人など常識の世界では忌避される出来事が頻出する。男色も日常性を吊り上げるのに重要な契機となる。

これらの他にも、八十年代中盤にかけて、独自の光芒を放つ小説群がある。

塚本の作品を論じるうえで、やはり初刊の際の刊行形態の問題があろう。たとえば柄澤齊の版画集成で、コラボレーションの挿絵を塚本の文とは別に参照はできる。しかし、ゆまに書房版塚本邦雄全集で、言葉と画の照応を再現するのは不可能である。

そういった限定本をのぞけば、一般読者の目に触れる実質上最後の小説は一九八六年の『トレドの葵』になるようだ。この集ではスペインを舞台にした短篇のみられることが興味を引くが、以後小説自体がほとんど書かれていないため、海外を舞台にした短篇はそれ以上の発展をみなかった。『トレドの葵』は、散発的に美麗本として刊行された数冊の小説を収めていることを考え併せると、「小説拾遺集」の感がある。『菊帝悲歌』以後の数冊の小説が、ほとんど韻文を伴っていることにも注意したい。ふたたび韻文と散文が手を結ぶようになるのである。私見では『菊帝悲歌』こそ、小説群の掉尾を飾るものとしてふさわしい。つまり小説というかたちでもっとも充実した仕事がなされたのは七十年代であった。さらにいえば、定家から後鳥羽院に至る五年間に集中していた。それは内実としては新古今集の軛《くびき》のうえになされた現代の仕事であった。

　瞬篇という形式がなければ自分で創出してしまえばいいのだという、創出力と超ジャンル性。繡篇小説と銘打たれた集まである。まこと刺繡のように言葉を縫い取っていくような文面は、むしろ散文詩に近いようだ。歌集『緑色研究』（一九六五年）や詩劇『ハムレット』（一九七二年）で試みられた活字の活殺法、そもそもの源を処女歌集『水葬物語』の「パソ・ドブレ」にまで遡れば、塚本の表現法はデビュー当時から一貫しているといえる。読者は戸惑うのでも煙に巻かれるのでもなく、要はジャンルの越境を素直に愉《たの》しめばよいのだ。瞬・短篇集、歴史ものと共に、限定本は美術的作品集として位置づけられるだろう。

『トレドの葵』がまとめられた翌年、塚本は十年越しの労作、茂吉秀歌シリーズを擱筆している。短歌が言葉を要《かなめ》とした閉じた扇であるとすれば、扉を開くにつれて韻文詩、散文詩、形象詩から瞬篇小説などが次々と現れる。小説の精髄が定家に始まって後鳥羽院に収斂したのは故ないことではない。一九八九年年頭、塚本は一日十首制作を自らに課したという（『詩魂玲瓏』）。昭和が終焉した一月である。以後小説が書かれることはないが、いかなる形式を選ぼうとも塚本作品の核にあるものはなんら渝《かわ》っていない。その核とはいうまでもなく三十一音律である。

本のにおい　——アレクサンドリア図書館の炎上からオクタビオ・パスの書庫火災まで、いかに多くの書物が失われたか

二〇一〇年の年の瀬に、『もうすぐ絶滅するという紙の書物について』という大部の翻訳が出版された。ウンベルト・エーコ（一九三二年生）とジャン＝クロード・カリエール（一九三一年生）の連続対談である。

エーコはいわずと知れた『薔薇の名前』の小説家、中世研究家であり記号論者であり、要するに一人の作家エーコ。カリエールはルイス・ブニュエル監督の脚本家として長いあいだ伴走し、演出家ピーター・ブルックの台本にも三十年にわたって関わる。著作も三十冊を超えるらしい。

この、イタリア人作家とフランス人作家が縦横無尽に語り合う。グーテンベルクの印刷聖書が普及するまえの、初期の印刷物「インキュナビュラ」をたたき台に、探索と収集をめぐるめまぐるしい古書談義は無類の面白さである。他にも言語の起源、権力と芸術、死後の蔵書をめぐる問題など興趣は尽きない。

——それで、紙の本は亡びるのかどうかというと……。

エーコの結論は、冒頭に述べられている。本はできたときから、本である。それは車輪がどんなに規格が変わっても車輪であるのと変わらない。スプーンが、どんなにデザインに改良が加え

られようとスプーンであるように、本は本でしかない。

カリエールの場合は、幼少時にミサで見た聖書が本の原型となった。司祭が恭しく読み、「真理が本から歌いながらでてきた」ため、本は特権的で神聖なものとなった。

カリエールが持ち出す具体例は、どれも経験に裏打ちされて生々しい。ルイス・ブニュエルとメキシコへ赴き、脚本を執筆するとき、タイプライターと二本のインクリボンを携えていった。隣町にもインクなど売っておらず、二本のリボンが切れれば万事休すだった。

また、映像の世紀といわれる二十世紀も、初期から中盤にかけての資料はそれほど頼りがいがない例が挙げられる。オーソン・ウェルズ出演のテレビ番組が録画なしで放映されていた例！　アメリカでは、フィルムのアーカイヴができたのが一九七〇年代になってからであると指摘される。

私はもろもろの話題に首肯しつつ、なにかむず痒いものも感じた。我我（エーコのいう、世間）が騒いでいるのは、大きな変化の波が起こっているからなんだけど……。

最近の本の消滅をめぐる話題の中で気になるのは、エーコのいうような本質論と、電子本のビジネスに絡む論議と、書物の内容自体についての読解や読書の積み重ねの話とが、重なるようですれ違っているところ。エーコが言うように、肝心なのは個々人が「考えをまとめて結論を導く技術」だということは、わかるのだが。

ところでカリエールは、映像と歴史の関係について、保存の手段の変化が、いかに伝えるかということに密接に関わってくることを語っている。映像に関する記録メディアの発達を歓迎しつつも、電力なしでは使いものにならない記録メディアの信頼性を相対化する。

保存と適応には、選別も働いているということ。残ったものを絶対視せず、総合的に判断せねばならないという指摘は重要だ。「諸文化は、保存すべきものと忘れるべきものを示すことで、フィルタリングを行」ってきた。自分たちも、「西洋」の枠組みからものを言わざるを得ないのだということも、何度か触れられる。

エーコは保存媒体の統一性がおしすすめられた場合、ある日突然解読不能になり、従って一切が断絶する可能性を危惧してもいる。

変化を語ることは、また消失を語ることにつながる。アレクサンドリア図書館の炎上からオクタビオ・パスの書庫火災まで、いかに多くの書物が失われたか。

対談で触れられる本の消失の歴史は人間の興亡の歴史そのものであった。焚書、侵略と破壊。ローマ帝国でキリスト教が国教と定められて後、エジプトの神殿は数千年の知恵と儀礼と共に閉鎖されてしまった。そのローマ帝国が末期になると、有識者は修道院にこもって、文化の精粋を筆記するのに没頭したという。この対談を読み終えて、書籍や映像製作の現場に限らず、他の多様なジャンルそれぞれにおいて、いま喫緊の課題は、後進を育成すること、そのための指導ができる教師をまず養成することではないか、と痛感した次第。カリエールの、次のような一言が重い。

——文明の知が消失するには一世代もあれば十分。

Ⅲ　閉じられないままの括弧

震災が起こるのではない。起こるのは地震で、震災は遅れてやって来る。
震災の規模は対応次第で大きくもなれば小さくもなる。

「遅れて来たメッセンジャー」（E-book TIAOBooks 二〇〇五年一月）
（ＮＨＫラジオ文芸館　二〇一二年四月七日放送）

―声―

次の百年のために

昔のひとはよく遊んだ。こんな歌がある。

秋はきぬ今やまがきのきりぎりす夜な夜な鳴かむ風の寒さに

秋となり、これから垣根（籬《まがき》）のこおろぎが風の寒さを嘆いて鳴くだろう、という詠み人知らずの歌だが、よく見ると、一首の中に「山柿の木」という物の名が詠みこまれている。やがて梢に生る柿の実も想像され、趣が立体的になる。

『古今和歌集』から引用した。他にも動植物や地名を隠した物名《もののな》の歌が、第十巻に収められている。古典和歌というと堅苦しいひびきがあるけれども、形式に則っていても心は実に自由にイメージの世界を遊泳できることを教えてくれる一巻だ。

歌集が良いのは、好きなページから読めるところ。四季の歌、恋の歌もあふれている。私は学生時代からときどき開いては眺めている。

読み方は自由であると前置きしたうえで、『古今和歌集』（以下古今集）の成り立ちを巻頭にもどって見直してみた（引用には岩波文庫他を用い、略号はかなに直した）。

年の内に春はきにけりひととせをこぞとやいはんことしとやいはん　　在原元方

古今集は今からおおよそ千百年前に成立した。その頃、暦のうえではまだ十二月であるのに、立春という節気が、年の改まるのを待たずにめぐってくることが頻繁にあった。まずは春を迎えた喜びを、「年の内に春はきにけり」という二句切れで表す。そして、元旦から歳末までの時間は、さて、もう過ぎた年なのか、それともまだ今年のことなのか、という続きの句には、おどろきと、とまどいがない交ぜになり、かすかなユーモアも漂う。天文と人事のずれへのなんともいえない思いがこめられているように思う。

「ずれ」というものが、記念すべき勅撰和歌集の巻首に置かれたのは、このあと四季の歌が整然と配置されていく流れからいって、少し不思議な気がする。この後、勅撰集の歴史は五百数十年も続く。古今集が諸ジャンルに与えた影響力の大きさを考えると、巻頭歌の印象は、さらに異様な感じがしてくる。

雪のうちに春はきにけり鶯《うぐひす》のこほれる涙いまやとくらん
夏と秋と行きかふそらの通路《かよひぢ》はかたへすずしき風やふくらん
ほととぎす鳴くやさ月のあやめ草あやめも知らぬ恋もするかな

うたたねに恋しき人をみてしよりゆめてふ物はたのみそめてき

冬景色のうちに春となり、凍っていた鶯の涙も溶けようという一首目、夏と秋の境となる六月末日の空では、片側に涼しい風が吹いているだろうという二首目の発想、ともに想像力の豊かさが感じ取れる。三首目は、ほととぎすの鳴く時期となり、もののあやめもわからぬ恋をする。その迷いが、あやめ草の音から導かれる。想うひとを一瞬見てしまってから、夢をすっかり頼みにしはじめたという四首目、かなの柔らかさや音楽性に身をゆだねたい。

漢詩全盛の時代に一区切りをつけ、和の思いを和の言葉で表現してまとめる一大プロジェクトの意図として、自然と人事の調和、土地への配慮、瞬時にうつろう季節感や恋情への哀惜が千百首の根底に流れているように感じる。

二〇一一年は、千年に一度の巨大地震を経験したと何度も耳にしたが、より細かくいえば貞観の大地震は西暦で八六九（貞観十一）年のことだった。古今集の完成を祝う饗宴は九〇五（延喜五）年で、三十六年後になる。大局をみれば、平安遷都後、地続きの海岸で起きた大きな天災は無視できなかっただろうし、また都での疾病の流行といった危機に立ち向かうのに、言葉の力が見直された面がなかっただろうか。明治時代、正岡子規のにべもない評によって、以降百年近くないがしろにされてきたとすれば、ここらでまた見直してもよい時期が来ている。

そこで、子規を読み直してみた。

記念すべき巻頭歌を、三十歳の正岡子規がこてんぱんにやっつけたのはもうお馴染みだ。一八九八年、明治三十一年のことだった。「去年とやいはん今年とやいはん」とは国際結婚の子どもは何人だというようなもので、しゃれにもならない、と切り捨てた。「貫之は下手《へた》な歌よみにて古今集はくだらぬ集に有之候」（『歌よみに与ふる書』）という啖呵で、否定に絶大な効果を挙げたのだから時代の転換期というのは恐ろしい。

四国から上京した彼は、俳句に熱中しすぎて学校を落第してしまう。ベースボールに熱中した時期もあった。二十歳過ぎで喀血し、死期を意識した。啼いて血を吐くほととぎす、という文句からその漢字表記「子規」を号とした。奥山で姿をみせぬまま夏を告げる古典のほととぎすではない。

子規は、俳句も短歌も瀕死の状態であるという認識に立って、国際化の時代に応じた、より力のある文学として定型詩を蘇生させようとした。式目（ルール）にばかり囚われる当時の歌人をばっさりと切り、古今東西の文学を養分として「日本文学の城壁を今少し堅固に致したく、外国の髯《ひげ》づらどもが大砲を発《はな》たうが地雷火を仕掛けうが、びくとも致さぬほどの城壁」に高めようとしていた（『歌よみに与ふる書』）。

俳句の分類に心を砕いていた子規の、短歌の実作はどんな風であったか。『子規歌集』から引用する。

久方のアメリカ人《びと》のはじめにしベースボールは見れど飽かぬかも
今やかの三つのベースに人満ちてそぞろに胸のうちさわぐかな

足たたば北インヂャのヒマラヤのエヴェレストなる雪くはましを

いちはつの花咲き出でて我が目には今年《ことし》ばかりの春行かんとす

「ひさかたの」は天《あめ》などにかかる枕詞であった。それを、アメリカ人に冠したのは斬新であった。輸入されたスポーツのベースボールも題材として当時は新しく、新しいものを『万葉集』さながらの言語表現で表すという試みが面白い。

二首目は、満塁の際に心躍るバッターの心境と捉えられる。子規は、三十五歳の誕生日を待たずに世を去った。引用した歌は、すでに病床にあるときに作られた。

三首目は知人が箱根から写真を送ってくれた際に書いた一連の歌で、祈りに似る。五句中三句にまでカタカナを用い、かなわぬヒマラヤ登山を仮想する。その雪を食いたい、という願いには、果物のエッセイなどでみせる食いしんぼうの横顔が見える。

病床でスポーツの歌を書く態度には偽りがあるだろうか？　私はそうは思わない。臥せって見物している歌ととるのは、作者の実生活を知ったうえで読んだ場合の読み方であり、歌だけを見た場合は、野球の催されているその場にいるような迫真性がある。そこに歌の真実がある。歌に向かう作者の切実さと、誠実さがある。四首目では「我が目」に彼の個としての思いが凝縮されて、古典のような無名性はなくなる。歌の形式が、陽の下で活動する身体を発見した瞬間だったかもしれない。

野球のことは『松蘿玉液』、食への渇望については『墨汁一滴』『病床六尺』でも読める。

俳句躍進の元祖として名を遺し、古今集を封殺した強面の子規は、実は二千首近い歌を詠んでいたのだから、おどろく。

はやくから限りのある命を意識していたが故に、充実した仕事をできた。

そういう生き方に、レベル7の原発事故が起こった二〇一一年以降の日本に住んでいる私は、いまにして深く共感してしまうのだ。

こんな時代に必要な、切実な歌の表現とは何か。まず「歌はこういうもの」という固定観念にゆさぶりをかけることだろう。私自身は二十歳のころ、次のような歌に常識を覆された。そして、今日読んでも、やはり心がゆらぐ。


てのひらの迷路の渦をさまよへるてんたう蟲の背の赤と黒　　塚本邦雄『水葬物語』

炎天の河口にながれくるものを待つ晴朗な僞《にせ》ハムレット
ここを過ぎれば人間の街、野あざみのうるはしき棘ひとみにしるす
五月祭の汗の青年　病むわれは火のごとき孤獨もちてへだたる　　『装飾樂句《カデンツァ》』

子規の書いた「軍艦」と「大砲」の時代はその後、風流を退け、機智や俗気さえおさえこんだ。長引く戦争の時代に、創作家は、広い視野を失うか、さもなければ口を噤んだ。

火と、鉄と、灰と血の時代のあとに、軍港のあった呉から近江に帰郷して、短歌を変えようとした青年がいた。

二十五歳で戦争の終結を迎えた塚本邦雄も、短歌を創りなおそうとした一人だった。掌のうえを這う天道虫をこういう風に歌われると、スタンダールの『赤と黒』の世界が重なってくる。行動せずに、漁夫の利を得ようと手ぐすね引いて待つのは、ハムレットの偽物だ。ダンテの『神曲』や北原白秋の『邪宗門』を意識する三首目では、人間の気配のしない領域から町へ入る途中の野薊の像が、鮮明に浮かび上がってくる。ランボオの『地獄の季節』をエピグラフに取った第一歌集『水葬物語』の刊行後、作者は結核を病む。四首目の孤独感には焼けつくような生への渇望が読みとれるだろう。新しい歌の創出への挑戦は、紆余曲折を経て、現代短歌の世界ではもうその影響のもとが何であるか見えにくくなるほどに、浸透している。

私もまた、『地獄の季節』に熱中し、さらに図書館の本を読み漁るうちに、引用したような現代短歌に遭遇したのだった。ランボオを通行手形にすると、いとも軽軽と時間の隔たりを飛び越えられた。そういえばランボオを教えてくれた女性は、もう日本を出て行ってしまっていないのだけれど……。

歌を、「道」や生き方の指針の表明としてだけ捉え、作法がやかましくいわれだすと、誰だってかたくるしくって煙たくなる。近世に俳諧や狂歌を好んだひとびとも、明治の青年たちも、いつの時代の若者もそうだろう。

ひさかたのアメリカびとも、偽ハムレットも、伝統の「型」を尊重しながら、「今」という時間にふさわしい表現を求める中で生まれた。同時代としてはどこか「ずれた」感覚があったはずだが、その「ずれ」はまた新鮮な刺戟《しげき》にもなった。正岡子規は激しながら道半ばで病に倒れ、塚本邦雄は生き延びて高度経済成長期の日本で古典に回帰する。

——昔のひとはよく遊んだ。言葉で。その遊びは、時に命がけだった。たまたまこのページを開いてくれた、精神の若いあなたには、携帯電話を閉じて、文庫を開くことをおすすめしたい。かたわらに紙とペンがあれば、次の百年を変えられるかも知れないのだから……。

ガラス戸と蔵　――正岡子規の短歌を読む

1

今日、古今和歌集の巻頭歌「年の内に春はきにけりひととせをこぞとやいはんことしとやいはん」は、その後五百数十年継続する勅撰和歌集の記念すべき第一首目であるより先に、正岡子規によって否定された印象の方が強い。

歌のいうところは大体次のようになる。

暦のうえではまだ十二月であるのに、二十四節気の区切りとしては立春がめぐってきた。このなんともいえない「ずれ」よ。生活をしている日常の感覚からは、まだ春は遠いと感じられる。天文と人事のずれの微妙な言い難さ。

春を迎える喜びと、とまどいと、かすかなユーモアも重なっている。

近代俳句を確立し、和歌の革新に着手したが病気のため道半ばで途絶えた。すでに何度も聞いた話ではある。では途絶した子規の「歌」はどんなものであったかというと、作品を網羅的に読める本は意外なほど少ない。歌においては論客としての顔が圧倒的に優位にみえる。

手始めに『歌よみに与ふる書』を読み直してみる（連載は明治三十一年二月十二日〜三月四日新聞「日本」）。

子規の言葉には、行動する人間の言葉の凄みがあった。文明開化の世を生きようとする意志のまえで、和歌的ななよやかさは、生身の人間から少し浮いたところにあるものに感じられただろう。もう千年も使いふるされた縁語や序詞よりも、「雅語俗語漢語洋語」を「必要次第」用いると宣言、「漢語にても洋語にても文学的に用ゐられなば皆歌の詞と」なると主張した。情景の客観的な描写を特に誉め、この側面は弟子筋に引き継がれて複雑に理論化されていくのだけれども、「純主観」の歌でも愛誦していると書いている部分は重要だ。

二十代から万葉集を賞讃していた。万葉集にも古今集にも、古今を鑑とした香川景樹にも秀歌はあるとする（「文学漫言」明治二十七年）。実作にあたって万葉に本腰を入れたのは若い晩年になってからだった。なだらかな調子だけではなく、急な調子や、俗、俳味を求めた。なんでも取り入れて詠もうという迫力があり、意気込みが伝わる。

『俳諧大要』（明治二十八年連載／三十二年刊）では、「空想よりする者、写実よりする者、共に熟練せざるべからず」、「空想と写実と合同して一種非空非実の大文学を製出せざるべからず」と述べる。想像と写実、どちらか一方に偏るのではなく両方に習熟したうえで一段上の表現を目指す。俳句の達人となるためには諸芸術一般にもよく通じているのが望ましい、いやそれだけでもだめで天下万般の学に目を配る万能人であれ、という。

どのような言葉や思想でも摂取して、よりひらかれた広義の文学として歌や句を刷新するという件がもっと注目されてもよかった。貫之はだめで古今集は下らない、という強い印象を与えるフレーズばかりが残響しているのは、残念という他ない。専門歌人ではないが敢えていわせてもらうという前提で、創作家を挑発した文言だったのだ。古典を全否定したのではない。党派、崇拝、ルールの偏狭さや屁鉾《へっぽこ》先生を唾棄したのだった。

現代の歳時記では、立春から立夏までを春とする分類を継承してきたものに加えて、現代俳句協会の『現代俳句歳時記』（学研）のように、太陽暦のカレンダーの三、四、五月を春の部とする、実際の生活感に即した分類もみられる。「歌よみに与ふる書」の三年後、「墨汁一滴」において、

雑誌日本人の説は西洋流に三四五の三箇月を春とせんとの事なれども我邦には二千年来の習慣ありてその習慣上定まりたる四季の限界を今日に至り忽《たちま》ち変更せられては気候の感厚き詩人文人に取りて迷惑少からず。

と記されてから、ざっと百年経っている。

2

終生俳句の分類に心を砕いていた子規であるが、短歌の実作はどんな風であったか。比較的入手しやすい二冊の子規歌集がある。

1　『子規歌集』土屋文明編（岩波文庫）

2　『正岡子規歌集』宮地伸一編（短歌新聞社文庫）

さらに『子規全集』第六巻（昭和五十二年・講談社）を参照する。1は明治十五年から子規が亡くなる三十五年までの選、2は明治二十五年からさいごまでで、1と2の選歌は明治三十一年までは数は少なく、あらかた重なっている。

子規の歌集は没後刊行になる。主だったものを挙げると、①明治三十七年刊『子規遺稿第一篇竹の里歌』が最初。②アルスから大正十五年に出た『子規全集』第六巻が歌集。

原本となった子規自筆の「竹乃里歌」はながらく所在不明で、戦後（第二次世界大戦後）になってようやく正岡家に戻ってきた。それによって昭和三十一年に③『正岡子規全歌集　竹乃里歌』が刊行された。その経緯には一篇のミステリーの香りがあるような気がする。

旋頭歌、長歌等をのぞいた短歌の数にかぎると、①は五四四、②は一七三二、③では一九三三首（一四首は重出という・資料1）収録。子規全集では収録歌（短歌）は一九〇七首、プラス「拾遺」作が五三二首、合計二四三九首になると表にまとめられている。

②と全集の収録歌数にはおよそ七〇〇首近い差がある。拾遺が五三二首というのも多い。拾遺の歌がどういう作品か、そしてそれらが文庫の選ではどうなっているかに注意しつつ、各歌集を読んだ。

次に、ごく初期の歌を引用する。以下、主に全集を参照しながら歌を引用してみていきたい（表記は一部簡略化）。身近な文庫ではないが、『子規選集』（全十五巻　増進会出版社）の第五巻

（平成十四年）が短歌にあてられており、佐佐木幸綱氏が右記全集から一三六四首の選をされている。「明治二十九年までの子規の短歌はよくない、子規らしさがみられないとするのが一般的な見方である」という通説に疑問をなげかける。初期の作から読み直すと「あんがいおもしろいことを知」り、子規の才質がすでにみられる歌があるとして「明治二十九年以前の短歌をかなり多く載録」された。本稿の引用と重なった歌の末尾に、資料3として付記する。

明治十七年
生《セイ》が帰か死《シ》が帰《キ》か夢の世の中に夢見てなやむ我身なりけり （3）
明治十八年
明くれにこひぬ日もなし玉の緒のたえねはたえぬ思ひなるらん
明治二十一年
我こひはあはでの浦のいそによるみるめばかりやあふこともなし
わけそめて深くもあらぬにかくまても迷ひにけりな恋の山路に

子規自身の言葉を引用すると、「余が和歌を始めしは明治十八年」、「俳句を作るは明治二十年」それぞれ宗匠を訪ねたのを始めとする（「筆まか勢」明治二十一年）。歌が、先であった。初学時、「俳句は其頃少しも見た事もなければ作つた事もなかつた」。明治十八年の頃、一句やっと作つた程度といわれる（「獺祭書屋俳句帖抄上巻［序］」明治三十五年二月　以下「序」）。そもそも七、八歳から漢籍の素読を始め、生涯に二千首に及ぶ漢詩を書いている。漢詩について私は論じられないが、この基礎を見落としてはならない。以下、文献には必要に応じて初出の年次を付す。子規の年齢は年号にほぼ一致することも念頭においておきたい。明治十七年のハムレット的な一首は、明治に限らない、いつの時代でもありうる十代の悩みの歌だろう。

二十三、四歳までは「彷徨時代」で、「和歌は智識的のものにあらざれば浅薄なる恋歌」であった（「我が俳句」明治二十九年）といわれるように、早くは明治十八年に恋の連作があった。引用歌の題は「忍恋」。明治二十一年の一首は「恋」とあるから恋の題詠だろう。常套句をもってまとめている。「恋の山路」は前後も恋歌で、題詠というよりはもう少し作者の経験に即したものだったと思われる。

全集を見ていると、歌稿で削られた相聞的な歌も多い（抹消歌としてすべて掲載されている）。明治二十三年では、「数字前句附」の一連が面白い。

化学者が水を分析して見れば一ツのものが二ツとぞなる　(3)
のどを出る母音も口のあけ様で一ツのものが五ツとぞなる　(3)

こういった調子で十一首ほどが試みられる。一種の頓智、謎謎のような歌。

松山の小町もあとになり平やきせんにのらん風に大伴　(3)

手をひきてかまはず廓《サト》をひやかすはかはずにかへる洒蛙《シャア》つくの連　（3）
自由だとしやべるやつらが改しんをせねば政党出来ぬなりけり

歌仙を詠みこんだ一首に、掛詞と縁語を駆使するような洒落の一首（ひき・がま・かはず・かへる）、それに社会風刺の一首。自分の本名を詠みこんだものもある。子規はこの年二十三歳。頭の柔らかさと可能性が感じられる。恋の題詠としては、翌年に次のような一首がある。和歌の手法でよどみなく詠んでいるが、明治十年代初学時の作と並べてみても、新奇なところはない。

我恋はまがきのひまを行く駒のまなくときなく思ふ頃哉　（3）

明治二十五年、子規は試験に落第して学校を去るのだが、勉強を放り出して野を散歩し、発句と歌二、三十首を得たのは、明治二十四年のことだった（『墨汁一滴』）。二十五年は重要な期間で、新聞「日本」に「獺祭書屋俳話」を連載、「俳句は已に尽きたりと思ふなり」、もしそうでなくても「明治年間に尽きん」、「和歌は明治以前に於て略ぼ尽きたらんかと思惟するなり」と声高にいう。いずれの分野でもまず師事した先生がおり、実力者や子弟関係の様子も瞥見したうえでの予言といおうか見通しであった。和歌の場合は特に、「新題目新言語」が許容されず、句よりも変化に乏しいという認識であった。新体詩にも批判的で、猛烈な句作が始まった。
歌への関心は絶えたわけではなく、明治二十六年の夏、子規はいま古今集が面白いと述べていたことを、与謝野鉄幹が回想している（全集七巻資料より）。実作は旅行詠も交えつつおおむね大人しい。

句において「写生的の妙味」がはじめてわかった様な心持になった明治二十七年（「序」）、「和歌と俳句とは最も近似したる文学なり。極論すれば其字数の相違を除きて外は全く同一の性質を備へたる者なり」（「文学漫言」）と歌への態度が修正されてきた。和歌の改良は「和歌俳句の調和を謀」り、「三十一文字の高尚なる俳句を作り出たさんとするに在るなり」と俳句を基本にみている。

二十八年四月、日清戦争に記者として従軍。「見わたせはもろこしかけて舟もなし霞につづく渤の海原」。五月、従軍中の森鷗外に面会。帰途の船中で喀血し、神戸で静養。

この年には「俳諧大要」が連載され、ここに至って、空想と現実を綜合した「大文学」を書くためにはあらゆるジャンルに通暁せねばならず、その「第一和歌」なりと、歌への評価と挑戦が始まる。大病が何かを変えたのかもしれないが、この時期多数試した新体詩も途絶（発表は二十九、三十年に集中）。本人は渡海と大病は俳句の上には著しい影響及ぼさず（「序」）と潔い。明治二十三年から三十年に至るまでに、和歌を参照したのが明らかな句が複数挙げられるが、さすがに三十年以後は姿を消す。「ほとゝぎす」も三十年一月発刊。さんざんものした漢詩、三十年以後の作で全集に残っているのは八篇のみ。子規の中の詩人は、和歌に新しい余白と未来をみつけたといえそうである。

和歌を参照したことが明らかな句として、「朧とは桜の中の柳哉（明治二十三年）、命なり佐夜の中山ほとゝきす（二十六年）、問へど答へずひとり稲こく女かな（二十七年）、忍ぶれど猫に出でにけり我恋は・秋立つとさやかに人の目ざめけり・長き夜の夢の浮橋絶えてけり（二十八年）、春の夜の夢の浮橋踏み越えぬ・忍ぶれど夏痩にけり我恋は（二十九年）、恋やあらぬ我や昔の朧月（三十年）」。浄書された句帳「寒山落木」「俳句稿」をみると、「歌よみに与ふる書」以前には恋の題で「忍ぶれど」「夢の浮橋」という語を用いることを拒み切れなかったのがわかる。三十年以後はさすがにこのような句は影を消す。そこに――最晩年の、「西行庵花も桜もなかりけり」（三十五年）は魔がさしたのだとしても――俳句と和歌を画然と区別しようとした痕跡がある程度みられる。即ち、「歌反古を焚き居る除夜の火桶哉」（三十二年）。明治二十九年、三陸の地震と津波に胸を痛めた。自死した四歳年下の従弟古白の一周忌にも参列できない。「春雨のわれまぼろしに近き身ぞ」。海鼠が何年もしつこく詠まれているが、その冬の一句、「無為にして海鼠一万八千歳」。文学の命数に加え、己の肉体と向き合う厳しさが増す（三十年の五月下旬にも、一時重態に陥った）。

3

明治三十一年、二月から「歌よみに与ふる書」が全十回約三週間、読者の疑問にも反論しながら書き継がれる。俳句の問答においてもそうだったが、子規は理論を先にたてるよりもとにかく実作に即せとしつこく主張している。優美なるものだけが歌ではなく、雄壮にも古雅にも奇警にも荘重にも軽快にもなる、万葉調でも、古今調でも善き歌は出来得ると(「人々に答ふ」明治三十一年)。できるだけ多くその実作をみてみよう。

伊《こ》れ昔顔紅の美少年花売るをぢとなりてけるかな　(2)

頭痛する春の夕の酔心そぞろありきして傾城を見る　(1)

頭重くゆふべの酒の醒めやらで傾城と二人朝桜見る

撫し子の花売るをとめなでしこの花にぞ似たるなでしこをとめ

うつらうつら病の床を出づる魂の菫咲く野をたちめぐりつつ　(3)

今日「写生」という語ですぐ連想されるような作以外を引用した。「文学に於て我が美とする所は」、「理想にもあり、写実にもあり」」、この標準は俳句に限らないといわれる(「わが俳句」)。完成は、やはり高次の綜合にあるのである。

猛烈な作歌が始まっている。三月二十五日から子規庵での歌会が始まる。子規は鉄幹歌集『東西南北』に請われた序文(明治二十九年七月一日)で、新しい短歌の試行に先鞭をつけられたことを気にして焦りを隠さなかった。この年になってやっと巻き返しをはかるべく、発奮したのである。歌論がしばしば乱れたように、作風も安定した調子ではないが勢いがある。

引用歌、紅顔の美少年が老爺となる無常、あくがれ出る魂と菫。子規と乙女、菫。二、三首目は吉井勇ではない。子規に艶っぽい朝桜が詠まれているのは意外に思えるが、俳句稿では傾城・

小傾城の句がたくさんみられる。子規の女性関係を論じたものがないではないけれどもここでは深入りしない。子規はすでに病の床にあるから、記憶に基づき詠んだものか。ベースボールの歌もこの年の収穫だった。

資料1では、こういう華やかさ、直接女性を連想させる歌、また酒、友、夢の歌そして神仏と、古今集的な修辞のみられる作が、あまりとられていない印象を受ける。全集では次のような歌が読める。和歌の神に祈るしおらしさ！　万葉集に加え八代集の読解（再読）も進み、七月には句切れの分析を書いている。

歌の道を守りたまへと祈る夜の玉津嶋姫夢に見えつつ
君と逢ひし昔の様を秋風の閨のうちはに物語らはや

次の歌は、1〜3すべてに収録。「足たたば」は祈禱ともいえる連作。

久方のアメリカ人のはじめにしベースボールは見れど飽かぬかも
今やかの三つのベースに人満ちてそぞろに胸のうちさわぐかな
足たたば不尽の高嶺のいただきをいかつちなして踏み鳴らさましを
足たたば北インヂャのヒマラヤのエヴェレストなる雪くはましを

「蒼蠅」の歌は、全集では全部で十一首ある。俳句から継いだ連作の手法「一題十句」は、歌にふくらみをもたせる。詞書は、「猟官声高くして炎熱いよいよ加はる戯れに蒼蠅の歌を作る」。「猟官」は官職を得ようとひとびとが争うこと。その狂態を青蠅にたとえて笑いのめす連作。屎は「くそ」。2、3に収録。

つかさあさる人をたとへは厨なる喰ひ残しの飯の上の蠅
屎虫の臭きを笑ふ笑ふものは同し厠の屎の上の蠅

三十一年には次頁のような歌も詠まれる。前二首は「われは」一連で1〜3ともに選、後の二首は拾遺より。歌の形式に、近代人の「われ」が顔を出した瞬間だ。俳句分類はライフワークだった。交遊のあった文人へ宛てた四首目では、技巧的な現代歌人が使う符号がこの時代に使われているところなど、一瞬どきりとする。

一連に接し、斎藤茂吉は「子規の写生能力に驚いた」という(「短歌に於ける写生の説」大正九年、『正岡子規』は昭和十八年刊)。茂吉の写生論はしつこい。写生とは見たものをそのまま素早く書きとめるという、単なるスケッチではない。そういった態度は、子規も写生の弊害として「雑報的」になると退けている。茂吉にとっては、感情の流露を表すことも生を写すことに他ならないから、写生であることになる。例が多々挙げられている。子規の歌に関しては主観的であるようにみえる作品(一例:三十五年「いちはつの花咲きいでて」)でも、自然(天然)と自己が一如になって、その間に余計なものが一切入らない状態で書かれた、主情的な歌であるかぎり、それは写生ということになる。短歌の本質は抒情詩（抒情詩の面目）であるからというのだ。

また、子規の歌論については、短い三十代にそのつどうつろうているから、個々の文章間の矛盾を指摘するよりも、本来目指していたところを見よと本質論を唱えるのは良い。子規の「天然」に自説「実相観入」をあてはめた辺りはかなり強引で、単純には頷けない。

吉原の太鼓聞えて更くる夜にひとり俳句を分類すわれは
人皆の箱根伊香保と遊ふ日を庵にこもりて蠅殺すわれは
世の人は四国猿とぞ笑ふなる四国の猿の子猿ぞわれは
ベラボーメくそをくらへと君はいへど（コン畜生にわれあらなくに）（3）
おちやのみづのうてなたかどのたましけどしなぬくすりをうるみせはなし（3）

友人の画に反応して書かれた、立派な建物ができて街がどんなにすばらしくても不死の薬が開発されるわけではなし、という歌の付された随筆の題は、「四百年後の東京」。

桃太郎の話を題材にした一連「桃太郎」もあった。

庭に向かって、静かに観照しているだけではなかった。

4
なむあみだ仏つくりがつくりたる仏見あげて驚くところ
木のもとに臥せる仏をうちかこみ象蛇どもの泣き居るところ

「絵あまたひろげ見てつくれる」一連より。結句に「〜ところ」とつけて絵画の描写であることをいうシリーズ（1〜3全てに収録）。読んでいると、真似てみたくなる。斎藤茂吉は「象蛇どもの泣き居るところ」という涅槃図の歌に初めて接したとき、「無限の驚嘆」をし、自分でも歌を稽古しようと決心することになった。

この年、子規は「万葉集巻十六」（明治三十二年三月）で、万葉崇拝者が十六巻に注目しないことに不平を述べることになる。荘重で真面目な歌ばかりが万葉の歌ではない。滑稽さや題材の複雑さなど、他の巻に比べて相違はあるが、これらもまぎれもない万葉の歌なのだという。曰く、「滑稽は文学的趣味の一なり」。万葉を誉める歌人すらが陥るすました「古今調」に、あかんべえをする子規は、十六巻を見出して膝を叩いたことだろう（自分だって以前はすました歌を書いていたのだ）。ただし、名詞を詠みこんだ歌にはふれていない。逆にいえば、古今集に物名歌があることをなぜ取り上げなかったのか、という疑問はのこる。

幾千巻幾よろつ巻火の神の怒りに触れぬ一字残らず　(3)
昔男ありけり螢あつめ来て書読みにけり名を残しけり　(3)
照り光る本箱の上に記しけり源氏物語栄華物語　(3)
暁の祈らんとすれは花いけの白き薔薇散りぬバイブルの上に　(2、3)
くちなはを手に持つ少女見るからにエデンの園の昔おもほゆ　(3)

「書」一連より。聖書の主題があるけれどもこれ以上の展開はみられなかったようだ。選歌集は、神武天皇祭や天長節といった同時代の行事や空気を割愛して編まれていく。編者によって題が挿入されている箇所も多い。資料2は、資料1が無視している、よりくだけた歌に目を配って紹介している。茂吉が子規の短歌を引用するときも、もう少し柔軟であった。資料2の解説にいう、子規は「ひとすじ縄の作者ではないのである」。「十四日、オ昼スギヨリ、歌ヲヨミニ、ワタクシ内へ、オイデクダサレ」のように気ままに三十一音にのせた通信も詠まれた。

誰も娶りかも娶り君も娶りけり一人娶らぬ吾吾を憐む　(2、3)
ガリバーの小人島かも箱庭のすゑものの人の動きいでしかも　(2、3)
旅にして仏つくりが花売にこひこがれしといふ物語　(2、3)

ガリバーの歌は人力車で道灌山に登り、病に臥せってから実に四年ぶりに武蔵野の眺望を堪能した折の歌で、題詠ではない。三首目は「仏」という題詠の歌会で高得点（四票）だった。同じ子規作で一票しか入らなかった歌に、「見なれにし甍こぼては大仏は空の真中にあらはれにけり」「古寺の棟木の柳有かたや草木国土悉皆成仏」。二十八年の句作で、已に「行く秋の我に神無し仏無し」とした子規が、神仏を信じなかったのは病ゆえ痛みゆえか。明治三十年にはクリスマスの句が書かれていた。

にひ年の朝日さしけるガラス窓のガラス透影《すきかげ》紙鳶《たこ》上《あが》る見ゆ　（1、3）
にひ年のよごとをまをす歌人ににひ年の歌よめとしひけり　（2、3）

明治三十三年、新年の歌より。高浜虚子の気遣いによって、年末に障子にガラスが入れられた。このガラス越しに見る景色が、子規の作品宇宙を豊かにする。「見える」ものがふつうの障子とは圧倒的に違うのだ。臥せったままでも見えるものは歌にできる。凧を早速読んだ。題詠にも余念がない。年始の挨拶に来た弟子に、挨拶そっちのけで、さあ早く歌を詠めとせかす。俳句では三十二年末、「ガラス戸」よりすわりのよい五音の「ガラス窓」等を用いて五句が作られた。

ガラス（その他にブリキの屋根など）が目新しい、というのは今日では想像しにくい。齋藤茂吉は戦前の「アララギ」誌上での「子規短歌合評」（戦後、昭和二十三年書籍化）で、「いたつきの閨のガラス戸影透きて小松の枝に雀飛ぶ見ゆ」という歌について、ガラスの語が万葉調の歌に入ったことは作者自身ことのほか嬉しく得意であったろう、それだけでなく「客観的に歌の歴史から見ても、一つの大きい功績であつた。歌人の功績などといふものは、政治家や学者などの功績にくらべて、いかに目立たぬものだかといふことが分かる」と述べる。

眼を瞠る作品が登場しても、歌の歴史からいえば改革はどうあがいても牛歩にならざるを得ないということか。それなら、私たちも知っている。

明治三十三年も多作だ。「血ヲ吐キシ病ノ床ノツレヅレニ元義ノ歌見レバタノシモ」。前年の橘曙覧に続き、万葉集を重んじる歌人平賀元義を見出して、熱中する。夏には二十八年の従軍時以来の大喀血も経験する年である。「和歌に痩せ俳句に痩せぬ夏男」。ガラス戸越しに見るという新しい「眼」を得はしたけれど、病はいよいよ篤い。十月、子規庵での歌会は幕を閉じた。

鏡なすガラス張窓影透きて上野の森に雪つもる見ゆ　（1、2）
窓の外の虫さへ見ゆるビードロのガラスの板は神業なるらし　（2、3）
ビードロの駕をつくりて雪つもる白銀の野を行かんとぞ思ふ　（1〜3）
人にして鳥にありせば駿河路や三保の磯辺の松に巣くはな　（2、3）
人にして鳥にありせば妹と二人空舞ひかけり舞ひかけりせな　（3）

後の二首は「鳥にありせば」十首より。読んだ通りの歌で、若くして富士山のあらゆる文献を渉猟していた子規らしい。これも祈禱のような連作ではあった。三月四日の例会の歌、「もろこしの女神がつけし白玉のかざしに似たる水仙の花」という歌や、「久方の天つ少女」「玉のかんざし」「きぬぎぬのやり戸」といった「子規らしからぬ」イメージの（教科書で刷りこまれたイメージにはそぐわない）歌が子規全集で読める。ガラス戸を通して、月が、雨が、周知の山吹の歌が表現される。よく見えるようになった作者は、見える以上のものも歌にした。「牛」という題詠の歌も印象深い。1・2でも数首ずつ紹介されている。

スパニアのますらたけりをけだものの牛と闘ふますらたけりを　（1〜3）
八千巻の書読み尽きて蚊の如く瘦す瘦す生ける君牛を喰へ　（2、3）

闘牛の歌には、作者の高揚感がよく出ている。二首目にマラルメの詩句を一瞬連想するのは現代の読者の自由だろう。やさしさを含んだ、呼びかけの歌となっているようだ。本ばかり読んでないで牛肉を食え、というのだが。
「艶麗体」と題された一連の次の歌（一、二首目）、星菫派のような雰囲気といい、どこかひとを食ったような鸚鵡といい、また意外な一面をみせる。実験精神のうかがえる作品も引く。

くれなゐのとばり垂れたる窓の内に薔薇の香満ちてひとり寝る少女　（1〜3）
美人問へば鸚鵡答へず鸚鵡問へば美人答へず春の日暮れぬ　（1〜3）

混沌ガ二ツニ分レ天トナリ土トナルソノ土ガタワレハ　（1～3）
此次ニ何ヲコネンカ驚ク莫レ大慈大悲ノ観世音菩薩　（2、3）
ホラホラニホラニ造リテホラアタマノウツロアタマトナスベキモノヲ　（2、3）
茂春、節、一五坊、不可得、四つの玉飛びてあたりて砕けて散りぬ　（1～3）

六首目、前年称揚した源実朝の本歌を大胆にいじっているのだからこの自在さにはおどろく。この頃、出入りの者とやり取りする歌が面白い。伊藤左千夫が眼鏡を忘れると、「我庵ノ硯ノ箱ニ忘レアリシ眼鏡取リニ来歌ヨミガテラ」、香取秀真《ほつま》との子規像・石膏等をめぐるやり取りもますます調子が良い。思いはリズムを伴って言葉となり、歌のかたちをなした。「ヲトトヒモ今日モワガ行ク氷屋ノ白玉少女我ヲ見知リヌ」。四月創刊「明星」を意識したかの「星」一連もこの年に現れる（1～3収録）。

真砂ナス数ナキ星ノ其中ニ吾ニ向ヒテ光ル星アリ
タラチネノ母ガナリタル母星ノ子ヲ思フ光吾ヲ照セリ
久方ノ雲ノ柱ニツル絲ノ結ビ目解ケテ星落チ来ル　（3のみ）

妹の献身的な介護はいまさらいうまでもないだろう。母の存在感も、子規自身の随筆から感じられるところだった。星の、殊にカナまじりの哀切なるひびきは、翌年のいちはつの一首同様忘れがたい。

明治三十四年冒頭、子規はひとに贈られた地球儀の色分けを眺めて百年後の勢力図に想いを馳せる。

同じ年の秋、苦痛のあまり自死の想いが頭をよぎった。十月には小刀と錐を写生した。

自筆の稿本『竹乃里歌』は、「星」のあとに続く歌も収めるが、明治三十三年で途絶える。のこりの、三十五歳を目前にした死までの作品は、弟子たちが編纂して刊行した。

明治三十一年以降の歌は資料1でも2でもたっぷり読める。最晩年の植物や庭を詠む歌は境涯詠としては優れているにしても、子規が拓こうとした表現はそこに止まらないことをみてきた。

未完成の魅力といおうか。もう少し引く。

明治三十三年

をとめ子の体操よろししかれどもそのをとめ子をめとらまくは厭《イヤ》　（3）
青空にむら雨すぐる馬時狐の大王妻めすらんか（狐の婚礼）　（3）
蛭の住む森わけ入りて蛭に血を吸はれきといふ蛭物語

明治三十四年（1～3）

ほととぎす今年は聞かずけだしくも窓のガラスの隔てつるかも
逆剝に剝ぎてつくれるほととぎす生けるが如し一声もがも
いちはつの花咲きいでて我目には今年ばかりの春行かんとす

藤の歌山吹のうた歌又歌歌よみ人に我なりにけり

なんでもないことすらが凶兆に思える。

根岸に移ってから年々聞いていたほととぎす、どうしてかこの年はなかなか聞けない、もしやガラスが視覚と引き換えにその声を距ててしまっているのかといぶかる。剝製のほととぎすは知人が鷹狩で鷹に獲らせたのを子規のために剝製にして贈ったもの。じっと、剝製のほととぎすを見つめる。じっと、どちらがどちらともわからなくなるほどにいつまでも……。

子規＝ホトトギス、別名死出の田長《たおさ》。

彼は自然にあそぶほととぎすのことは、やさしく歌い続けた。自身は、夏の到来を告げる古典の優雅なほととぎすではなく、軍艦と大砲の時代に哭いて血を吐くホトトギスとして生きた。明治三十五年で記憶に残るのは、兎の肉をうまいうまいといって平らげる長歌だ。長塚節に贈られ、伊藤左千夫が調理した。物語への関心も薄まってはいない。「蝶飛ブヤアダムモイヴモ裸也」。

明治三十四年は西暦一九〇一年で、二〇世紀の幕開けだった。子規が闊歩し、遊び、泥濘を嘆いた東京はその後の大戦で空襲を経験した。近隣の空寺に住み密に行き来のあった寒川鼠骨が、原稿類を蔵にしまい、焼失を免れた。新しいガラス戸越しの眼を得た詩人の作品は、古い蔵に護られた末、戦後散逸の危機にあたって国会図書館に寄贈され、国家が管理するようになった。

短歌を網羅した本が出たのは、昭和三十一年。漢文の畑を出て「歌よみ人」になってしまった子規の短歌は、しっかり読み返されてきたといえるだろうか。「雅語俗語漢語洋語」を用い、「日本文学の城壁を今少し堅固に」しようと激していた彼の歌への情熱が奈辺に向かおうとしていたのかを、いま一度見直してみてもいい。子規自身が用いた文言で締めくくろう。

——子規未だ死せず。

与謝野鉄幹とは誰だったのか

堺市の与謝野晶子文芸館へ「与謝野鉄幹」特別展を見に行った。

文学美術雑誌「明星」の主宰者として知られている。昨年（二〇〇五）は没後七十年目だった。「不遇な生涯と短歌への情熱」とポスターの文句にある。かねがね、晶子の名に隠れすぎなのではないかと思っていただけに、色紙や版型の様々な本にも増して、略年譜が興味深かった。

次のような浪漫的な歌が残されている。

ゆきずりにああただひと眸《め》、それもえにしや、ああただひと眸《め》星のまなざし。
水出づる黒髪《くろかみ》の花、透きて真白に、君をめぐれる瑠璃の夏川《なつがは》。
鴿《はと》のごと白きひかりや、ゆるせ少時《しばらく》、おもふは今よ君がまぼろし。
朝顔の露の末花、なほも秋姫《あきひめ》、うつろひ隠す小さき紅皿《べにざら》。
君恋ひてなづむ若子《わくご》が駒に食《は》ますと、和泉に長き青草《あをぐさ》の路。
春山《はるやま》の小谷《をたに》の水にちるや小椿《こつばき》、孔雀尾《くじゃくを》なして青渦《あをうづ》わきぬ。

五七五七七の短歌も詠んでいるが、引用したのは五七七七七という独特の韻律をもつ。鉄幹の師落合直文への献辞がついた晶子との共著『毒草』より。私は自分の師に教わって以来、愛唱してきた。

特別展を訪れて、「鉄幹」の雅号を三十一歳で廃していたと知った。「与謝野寛」はその後、衆院選に立候補して落選したり、「爆弾三勇士」を称える詩を作ったこともある。そういった政治性から、評価がためらわれてきた経緯があるのかもしれないが、詩歌の真価は、最終的に作者の履歴を離れても生き残るところにある。釋迢空は早くから、晶子よりも鉄幹の詩人としての才能を高くかっていた。

現在、全集が刊行中で、昨年末、『与謝野鉄幹　――鬼に喰われた男』という青井史さんの大著も出版された。鉄幹を「読める」環境が整いつつある。たとえ全集が、『鉄幹晶子全集』（勉誠出版）という「抱き合わせ商法」のような本になっているのであっても。

その焔の何んとうつくしからむ

——前川佐美雄のヴィジョン

この壁をトレドの緋いろで塗りつぶす考へだけは昨日にかはらぬ

前川佐美雄「四角い室」『植物祭』

『植物祭』を一気に読了した夜は、それほど昔のことではない。「いますぐに君はこの街に放火せよその焔《ひ》の何んとうつくしからむ」。心のどこかにくすぶっていた火種を、めらめらと熾《おこ》す力をもつ歌集であった。

電灯のスウィッチを陶製のものにつけ替えるかどうか、押入れの湿気対策に簀《す》のこを敷くかどうか、そんなことを考えるのに時間を費やしたことがある。メールではニュアンスを伝えにくい手紙を夜中にポストまで出しに行き、急に文面を変えたくなって引き返すというような、なんということもない二十代後半のある一晩の体験であった。

歌集は下宿生時代に覚えのあるような、不安と閉じこもり、自意識過剰、その裏返しの孤立感、焦燥感、怪奇と幻想、脱出願望等に彩られていた。平成の、それも失われた十年と括られる年代の中盤、夢野久作や江戸川乱歩の世界に迷いこんだときの酩酊感ともまた違った読後感を味わった。

『高踏集』（日本歌人新選十二人集・昭和二十五年）に集まった「日本歌人」の会員中最も若いメンバー達ですら、その読書は遅れて体験したことであった。前川佐美雄を囲んでの、時間の制限もなかった戦後の歌会の懐旧譚を、歌会参加者から拝聴したことがある。冬は炭を持ち寄り、若者が酒を買いに走らされたこともあったという。皆、佐美雄の歌が好きであった。親しみやすい歌集ではないが、好きになればのめりこむ危険度は高い。

続いて『植物祭』と同時代の、口語短歌のさまざまな試みを読みかじってみたが、あまり記憶に残っていない。塚本邦雄の評論をみると、おそらくその頃の試行作のことであろうが、「短歌アヴァンギャルドの挫折と錯誤」と一刀両断にしてしまっている（「零の遺産」）。少なくとも『植物祭』の作品の強さは、定型を遵守したために今日まで持続している。

押入に爆薬もなにもかくさねどゆふべとなればひとりおびゆる
丸き家三角の家などの入りまじるむちやくちやの世が今に来るべし
世紀末的喜劇を愛するひとたちをわらへなくなつてわれも見てをる

醒めた意識で孤独をとことん掘り下げ、自分を怜悧に観察する。ノイローゼ気味と読める歌も少なくないが、予言されたヴィジョンは今もって鮮やかである。

前川佐美雄のその後の軌跡をここでたどることはできないが、後年奈良を離れても、その歌の背後には（生前さいごの歌集後記で亡霊といわれるような）、大和の建築群の黒い甍《いらか》の影が見える。時には、威圧的な壁（ザ・ウォール）として隠顕する。

松の間の空あをくして沈黙の久しきを砂の上の小扇　「日本歌人」昭和三十年九月

小扇の歌では、耳に痛いほどの沈黙が想像される。松の緑と、どこまでも青い空から視点が砂上にうつる。この切り替えの速さを受けてぱっとひろがる小扇は、決して矮小化された歌の象徴ではないだろう。それは永い、中心をもたない沈黙の中に、それでも光明を拡げる生の証として見出されたのではないだろうか。「虚空見日本国《そらみつやまと》」（日本書紀）に生きる人間の姿を、地上から問い続ける歌に思えてならない。

星と鳥の来歴　――山中智恵子初期歌篇

昭和が終焉したとき、実体験として戦中を知る世代として、身をもって歌の力を示した歌人は何人もいるだろう。「深沓《ふかぐつ》をはきて昭和の遠ざかる音ききすてて降る氷雨かも」（『夢之記』）と詠んだ山中智恵子も、その一人だった。

わが生みて渡れる鳥と思ふまで昼澄みゆきぬ訪ひがたきかも　『紡錘』
さくらばな陽に泡立つを見守《まも》りゐるこの冥き遊星に人と生れて　『みずかありなむ』
星涵《ひた》す庭をたまひて遂げざれば文章のことといづれ寂寞　『虚空日月』

戦後歌壇において、こういった時に難解と評される作風で鳴らし、巫女的であったり、詩人のようであったりとさまざまな作家像が描かれているが、その原点がどこにあったのかを探る論考は多いとはいえない。昭和三十二（一九五七）年三月出版の第一歌集『空間格子』は、長いあいだ再録されなかった。主な自選歌集として、

『現代歌人文庫　山中智恵子歌集』（一九七七年・国文社）『紡錘』完本収録（以下、資料①）
『現代短歌集成　山中智恵子』（一九九五年・沖積舎）『虚空日月』完本収録
『現代短歌文庫　山中智恵子歌集』（一九九八年・砂子屋書房）『夢之記』完本収録

の三冊が挙げられるが、『空間格子』の自選歌は、それぞれ、二首、採録なし、十一首。全編全歌が紹介されるのは、平成十四（二〇〇六）年になってからだった（『歌壇』一月号）。山中は同年三月に逝去している。第一歌集から第二歌集『紡錘』が出るまで六年かかっているが、こちらは「短歌研究」誌で合評が出るなど、ひろく山中智恵子の名と作品が周知される歌集となった。

山中の初期作品は、戦後「日本歌人」（当初は「オレンヂ」）復刊時より会に所属していたことから、筆者が以前『塚本邦雄の青春』（二〇〇九年・ウェッジ）にまとめた、五歳年長の塚本の履歴と時期が重なってくる。改めて山中に集中して資料を見直して整理し、欠けている部分を集めていくと、従来の山中智恵子論では捕捉しきれず、また論じられなかった側面がみえてきた。以下、その初学の時期の作品から第一歌集をまとめるまでの足跡を、順を追ってみていきたい。

1　戦前　揺籃期

山中智恵子は大正十四（一九二九）年五月四日、名古屋市（西区下薗町）に生まれた。家庭の事情で、学齢に達してから（昭和五年の秋より）三重県（現鈴鹿市）の祖父母の家で育てられた。

「よく転び、風邪ばかりひいていたので、表の遊びはゆるされ」なかったと本人は回想している（「故郷」資料①収載）。全歌集年譜（以下、年譜）によれば二兄一姉がいたが次兄は智恵子生誕以前に死去、姉も智恵子の生誕年に亡くなっている。昭和十七（一九四二）年四月、京都女子専門学校国文科予科に入学、与謝野晶子研究者である佐竹籌彦に学ぶ（翌年本科進学）。

少女時代から作歌はしていたようだが、昭和十八年「アララギ」八月号投稿欄での掲載作品が、初めて活字になった歌とみられる。十一月にも採《と》られているが、この二回の選者は高田浪吉。昭和十九年にも二回採られた。後の二回は齋藤茂吉選。いずれも淡く、繊細な歌である。特別にうまいというものでもないが、連続して採られているから、当代随一の結社誌の著名歌人の目でみて、一定の水準に達していたということになろう。

「アララギ」への投稿については年譜に記載があり、また山中自身インタビューでも語っている（三枝昂之編『歌人の原風景 ―昭和短歌の証言』（二〇〇五年・本阿弥書店　他）。

昭和十八年十一月には勤労動員のため宇治へうつるのだが、その直前に帰郷した折、既に十五年余りも病床に臥せっていた父に、「もう日本は駄目だ、今のうち出来るだけ本を読んでおけ」と言われた（「『くれなゐ』の歌びと」『椿の岸から』所収　二〇一一年・砂子屋書房　以下資料②）。師の佐竹籌彦は昭和十九年夏に入隊、前日に橘諸兄の紫陽花の歌を贈ってくれた（「季節の窓―一首をめぐって」②）。そんな時代である。入選作は次の五首。

「アララギ」36巻8号（昭和十八・八）「菊葉集」

こみどりのあつき葉の中にわびすけの淋しき花はこぼれて咲きぬ
砂に伏してもの思ひなし防風の青める彼方かぎろひのたつ
36巻11号（昭和十八・十二）「海流集」
とのぐもり雲の晴れ間の青空をしたしみ仰ぎなみだのあふる
37巻4号（昭和十九・四）「童馬山房選歌　其三」
しぐれ空あはくしづめる西山に東寺の塔の見ゆるしばらく
37巻7号（昭和十九・七）「童馬山房選歌　其二」
ひとときを光かげりて山々はむらさきしづむ春のしづもり

宇治の火薬庫に勤労動員中であった山中は、エーテルや黒鉛のにおいに悩まされながら仕事をし、休み時間には友人と文学書について語り合い、寮に帰ってからは管制下の暗い灯のもとで、中世の歌謡集『梁塵秘抄』に読みふける毎日を送っていた（「あかときくらく　――梁塵秘抄覚書」①）。黒鉛をまぶした火薬の選別は手作業で、咽喉が痛み、選っても選っても限りなく運ばれる場面がのちのち夢にまで現れる（②）。

昭和十九年の晩秋、初めての休日に京都へでかけ、古書肆で前川佐美雄の『くれなゐ』（初期の自選歌集、昭和十四年刊）をみつけ、何の予備知識もないまま買いもとめ、夢中になった（「歌との出合い」①）。母の学生時代の歌の師であった尾上柴舟は無縁の人と思えたのだったけれど（②）、前川佐美雄こそが自分の師であると、心に決めた。

2　戦後　投稿時代から結社へ

三重県立図書館に、興味深い資料が所蔵されていた。

「近畿春秋」。伊勢新聞社が創刊したもので、懸賞小説を募集している。第一回は入選該当作なしだが、佳作九篇中に山中智恵子の名前が見える。標題は「西の京」。在原業平を思わせる主人公が身分違いの女性に恋焦がれる十枚の短編小説。夢うつつのうちに想いを遂げたと思いきや、高貴で触れがたいはずの存在感が失墜してしまい、現実とも理想ともつかぬ境にたゆたうといった内容である。

昭和十八年十一月より勤労動員で寄宿舎より宇治火薬庫に通勤していた山中は、昭和二十年八月十七日、戦争終結後に養父の家へ戻る。九月、卒業式にも出られぬまま自動的に京都女子専門学校を繰り上げ卒業し、「働き手は私一人であったから」、十月より鈴鹿市立高等女学校に勤務を始めた（「鳥髪まで　―回想・わが戦後短歌史」①、年譜）。

「日本歌人」が、「オレンヂ」と改題して復刊されたのは昭和二十一（一九四六）年十月のことだった。呉の工廠で敗戦を迎え、近江に帰郷、関西で働いていた五歳年長の塚本邦雄は、この復刊のことを「事件」として語っている。

山中は、戦後出版の前川佐美雄歌集『紅梅』をも読んで、ためらうことなく早速入会した。昭和二十一年初秋、京都北白川にあった臼井書房の店頭で入会申込書に署名した（「歌との出合い」

①)。

初出詠は、2号に、二首。なお、全歌集年譜には誤記があるので次のとおり指摘して訂正しておきたい。全くの偶然であるが、竹島慶子は後の塚本夫人である（翌年五月結婚）。

「オレンヂ」1巻2号（昭和二十二・二）

幸せとおぼえし日より紫陽花の咲きて人にも心傷《うらいた》みせず　竹島慶子

霧雨のやうやく晴れてやはらかき桐の葉の上に青虫ねむる　山中智恵子

海に続く径の一すぢを黙しゆけば浜豌豆のさやはほぐれぬ

次に、「オレンヂ」時代の山中の歌から、数首引用する。『空間格子』収載の歌は頭に＊を附け、合同歌集『空の鳥』収載の歌にはその歌集名を附す。なお、同誌及び復刊後の「日本歌人」はしばしば刊行が遅れたため、号数と発行月は必ずしも一致しない。整理のため、引用には通巻と号数を用い、号数には奥付の発行月を年号で括弧に入れて付す。

3号では答志島（鳥羽市）を歌い、『空の鳥』の冒頭に置いているが、そういうところからは万葉集（柿本人麻呂・巻第一）に親しんでいたであろう当時の読書歴が想像できる。

「オレンヂ」1巻4号（昭和二十二・十）作品　其四

雲ながれ冬の蒼さの底にゐてしみとほるものに吾は惑ひぬ

「オレンヂ」2巻5号（昭和二十三・一）作品　其四

＊心むなしく刈田にむけば残光にからすかぐろく群れつつあるも　『空の鳥』

濃き眉の愁ひはふかく瞳《め》はふせて炎のわれにしづけくゐ（い）ます

「オレンヂ」2巻7号（昭和二十三・十二）　作品　其四

＊砂に伏せばわがししむらのみづのごと銀河耀く空にしみゆく　『空の鳥』

後年、山中作品にはおびただしい星や鳥が登場する。もっとも初期の鳥は、5号にみられる叙景的な歌の中の平凡な「鳥」であるのは意外であった。7号の、肉体のほてりに対比される「銀河」は常套的であるが、景としては単純に美しい。星に関する、もっとも初期の歌のひとつである。

「オレンヂ」3巻8号（昭和二十四・一、山中は一首のみ出詠）と復刊「日本歌人」には、奥付をみるかぎりでは一年間のブランクがある。戦後数年間の創作は、だいたい右のような作物で、これ以外に詩も書いていた（次章に後述）。戦後になっていきなり西洋の詩や思潮を取り入れたのではないことがわかる。大きな飛躍は認めにくいが、それでも次のような相聞と思しい激情型の作品が出されているのは、復刊号における気負いを割り引いて考えても、ひとつの変化として捉えられるだろう。

復刊「日本歌人」1巻1号（昭和二十五・一）　作品　其三

あらがへど肉むらゆりてわきあがる溢るるものに瞳をとぢぬ
＊みじろぎて君の瞳《め》みれば瞳《め》の中にわがこほりたる表情うつる
君ありて生くるといひしたかぶりも寒夜にしみてただ凍るばかり
「日本歌人」1巻2号（昭和二十五・二）作品　其三
ほとほとに乳《ち》をきりさかむ刃あれよかうかうとして星を走る雲
『空の鳥』

抗い、蒼ざめ、たかぶる——若い生命力がこぼれ出そうな歌である。星空を雲がよぎるとき、いっそ乳房などなければ、と願う感情の噴出。定型を大きく崩すことはないが、（佐竹籌彦に学んだのであろう）与謝野晶子を連想させる、はげしい恋の歌といってよい。

1巻3号は三月発行になっているが、山中の出詠はみられない。以降、翌年の2巻1号まで資料が完全にそろわないので想像になるが、「またまた長く休刊」と2巻1号の後記に記されることなどから、発行は滞っていたと思われる。十二月には、日本歌人新選十二人集『高踏集』が出ている。山中からみると、先輩格にあたる主に二十代の歌人による合同歌集である（塚本邦雄は、出版時満三十歳）。

年譜によれば、この年の十月に結婚し、翌年三月に教職を辞している。1巻1、2号にみた情熱型の歌は、直截的に生活を反映した相聞歌ととってよさそうだ。

新生活の始まっている翌年の一月には、一転してのびのびとした歌い方が見られる——。

「日本歌人」2巻1号（昭和二十六・一）作品　其三

ひたむきに心よりゆけば歌はうよ自意識からしばし顔をそむけて　　『空の鳥』

胸をいだき小指《を》をくみて祷るやうに君をみるしぐさ我ならぬ我　　『空の鳥』

＊等身の裸像に鋳れよ恋すれば魂も放ちてあてどしらねば　　『空の鳥』

「日本歌人」2巻5号（昭和二十六・六）作品　其二

手を捲きて睡《まど》めどなほ入りがたし君の夢固く閉ざされたれば　　『空の鳥』

それぞれ、後に合同歌集に自選として載せられるように、穏やかで、満足気な生活の景が表されている。魂もあくがれ出づるという歌は、本歌取りを云々するよりも、ここでは文学の定型として自然に口をついて出たのだろう。それほど、うきうきしていたのである。「君の夢」の中で一緒にまどろむことはできないけれど、という歌にも結婚前の孤立感や拒絶のニュアンスよりも、温かい妻の眼差しが出ている。

「日本歌人」2巻6号（昭和二十六・七）作品　其二

＊魚の眼をかなしとみたる夕なれば山に対ひてわが眼も澄まむ

「日本歌人」2巻7号（昭和二十六・九）作品　其二

空いちめん茜濃ければ街灯のひとつひとつが冷く冴ゆる

「日本歌人」2巻8号（昭和二十六・十）作品　其二

夜の海に暗き雲沈み手をとれば少女となりて舞ふかも知れず
茄子畑で踊りのやうな仕草する朝のわたしのたのしい秘密
「日本歌人」2巻9号（昭和二十六・十一）作品　其五
雲をすかし星座の走る海のはて二十日の月はかぎろひたちぬ
青やかにかろらに立てる海の雲の相変《さま》へしとき君に倚りたり
「日本歌人」2巻10号（昭和二十六・十二）作品　其二
何事もない朝の光が穂すすきをしろくけぶらす瞬時の怖れ

山、街灯、海、畑、星、雲……。秋の終わりには、すでに合同歌集への出稿は終えていたと思しい（佐美雄の後記は「昭和二十六年秋」）。この年後半の出詠期間の傾向を指摘すると、景色への関心の比重がやや高まったということがいえる。なんでもない朝、光のあたる穂すすきに刹那不安を感じる一首は、平穏であった日常の証でもあろう。

「日本歌人」3巻1号（昭和二十七・一）に通常の作品欄の五首に加え、特別に薬師寺での競詠として十七首を寄せているが、作品として格別の強さはみられない。同一月の奥付で、『空の鳥』が刊行された。ちなみに、一九五一（昭和二十六）年八月の奥付で発行された塚本邦雄の第一歌集『水葬物語』の広告が、本誌の2巻10号（昭和二十六・十二）に出ている。塚本は歌集のまとまるまえから休詠し、その後結社を離れるが、山中は終生、一会員として出詠し続けた。二人は後に同人誌「極」で相見えるが、結社においては昭和二十六（一九五一）年がすれ違いの時期となった。

後に詩集として編まれたものと、例外的な散文詩がある。年譜にある同人誌を確認し得ないので、本項はそれを抜いた予備的な考察になる。

幸い、筆名で詩集が出版されている。宗像ちゑ著『星暦』、一九八三年、雁書館発行。同人誌「詩祭」「ゆりかご」に発表した作品の三分の一にあたる十四篇を収録。「敗戦の夏一九四五年から一九四八年にかけて」書かれた。ということは「オレンヂ」の時期とほぼ重なる。

3　詩篇

言葉は火となり／火は水となり／水はまた瞳のうつばりとなり／しろじろと影の冷い／木犀の香が／黄鶲の涙とながれて／雨は降るものを

「うつばり」一九四五年

母上よ琴ひきたまへ／潮騒のうららかにして／さえざえと四手のひらめき／青空に絃をならして　とほき日を呼びたまへかし

「琴を」一九四六年

あとがきでわざわざ「敗戦の夏」からの作、つまり戦後の作と断っているのは重要である。「瞳のうつばり」とは、変わった比喩であるが、敗戦によって見たくないものを見、また、目を閉じるわけにもいかないという想いを象徴したか。はじめに言葉があるというところに、作者の特質をみる。母に琴を弾いてくださいという詩はやさしい調子で、山中が家族に直接ふれ、語りかけるという点で例外的な作品である。養母は能・歌舞伎・琴を好んでいたというから（年譜）、ここで呼び掛けられる母は十五歳の年になくした養母になるのだろう。短歌では、還暦を過ぎ、昭和の終焉前後から、なまなましく両親を詠んだ歌が登場する（『夢之記』以降）。なお、年譜によれば祖母は智恵子十五歳の年に、養父はその五年後、敗戦直後、就職直前の九月に亡くなっている。実父は智恵子二十二歳の年に、実母は智恵子四十一歳の年に死去、二十二歳というと「オレンヂ」初出詠の年になり、また、実兄は昭和十八年九月、「アララギ」初投稿の頃に、結核で亡くなっていたが、作品からそういったことはたどれないため、家族関係については本稿ではこれ以上触れない（没後歌集『青扇』には、幼年の日の兄や父が歌われている「幼年のわが手をとりて連日をタップ踏ませし亡き兄ありき」「夏至のゆふべなつかしき輪をくぐりぬけ幼年の日の父に逅ひたり」）。

詩集は文語を基調としつつ、自由詩と七五調が混在。井原西鶴、伊勢物語、和泉式部、太宰治をテーマにした作では、すでにある（有名な）作品・物語を背景において、人物の口を通して詩句を語り、詩行をなす。ここには、形式は違うが後年の短歌による連作・主題制作の萌芽が認められる。この段階では短歌よりも詩において方法意識が明らかに高い。「黄鶲」が出てくるのも、覚えておきたい。卒業論文には西鶴論を考えていたが、繰り上げ卒業のため完成されなかった。（②）

しかし山中は、「日本歌人」が復刊する頃、「詩を断念した」（「鳥髪まで」①）。

ヴァレリーやリルケの作品に、「今にしてなお説明のつかぬ畏怖に襲われた」からだという。「詩作をやめた頃、迢空の『女歌を閉塞したもの』が書かれ」、山中は歌の伝統にひそむ言葉の力に、「うらわかきかなしき力の復権」に目覚める。

小説、詩、短歌と表現形式を模索している文学少女の姿が思い浮かぶ。ごく初期の歌を通読すると、生きることにも文学にも熱心で、積極的な女性が想像される。歌はある水準に達していたが、それだけでは「日本歌人」誌に集った歌人の中に埋もれてしまう。頭ひとつ飛び出すにはさらに才気と機智が必要とされ、山中は自分がその器であることを謙遜しつつも心中信じていた。そういう姿勢が想像される。

4　三つの転機

「日本歌人」出詠の山中の歌数をみていると、病後の時期もあるので必ずしも当たってはいないかもしれないが、激励されるとプレッシャーで萎縮するのではなく、おおいに発奮する傾向があったようだ。

初期における三つの重要な転機を指摘しておきたい。

一つ目は、昭和二十七（一九五二）年一月刊行の『空の鳥』（日本歌人社）である。集の標題の命名は山中智恵子によるらしい（『歌人の原風景』）。戦後に入会した二十代から四十代の十五人の新人集であり、前川佐美雄は後記にて『高踏集』の姉妹篇だという。

山中智恵子の作品として「夕虹」十三連七十一首が収められている。紙面の制約もあって、大分絞りこんだ。標題は師の自選歌集『くれなゐ』の一首から無断で頂戴し、「ひそかな記念とした」(「『くれなゐ』の歌びと」②)。本歌は「川魚のむねをひらいてゐるときに夕虹あがる夕虹のうた」、「夕虹のあがりゐるときぞ山寺はもはや賑はしきうたげのさかり」か(『白鳳』よりの選歌)。

第一連「神島抄」五首には「オレンヂ」3号(昭和二十二・二)から一首が採られ、最終連「夕虹」六首には「日本歌人」2巻5号(昭和二十六・五)から一首が選ばれている。配列はほぼ編年体とみられ、およそ四年半ほどの作品を集めたものといえる。

この期間、実生活での大きな動きは、全歌集年譜によれば、昭和二十五年十月の結婚と、翌年三月の退職が挙げられよう。つまり、初学時代から結婚し、職を辞すまでを一区切りとした青春歌篇ということになるのだが、生活臭もなく、そういった実生活上の履歴は歌からはたどれない。相聞歌が、想い人の存在を暗示するのみである。合同歌集で各作者はその冒頭に思い思いの文章を寄せている。山中は、次のように冷めた文章を書いている。

私の歌は足場を持たない。無限に飛翔するためには、一足跳びに昇天せず、梯子をかけて踏みしめて行くのが、現実的浪漫かも知れないのだが、ふりかへつてみると、私はいつも手にあまる虹をかけ、そして性懲りもなく転落する。

私の希ひは瞳を開けて夢みることである。

迷彩のあとけものめく崩ゑビルに煙まとひて巷は暮るる
＊うつしみに何の矜持ぞあかあかと蝎座《さそり》は西に尾をしづめゆく
＊混迷をつきつめて溺れむとするたまゆらをアンタレースの火に放ちたり
（初出「オレンヂ」7号）
＊君とありてなほひとりなり荒涼と女身は白日《ひる》の星座をめぐる
君牧神われ白鳥と生《あ》れし夢めざむれば窓に星吹きちぎれ
額《ぬか》ふれて風を聴くまでに澄みきりしよたちどまりたちどまりうべなはざりしが

『空の鳥』より。「瞳を開けてみる夢」は、詩にあった「瞳のうつばり」に通じる。瞠いた目にうつる現実は、戦後の占領期間を経た日本である。崩れたビルを実景として歌っているのは戦後の風景として生々しい。これも山中の歌としては例外的な一首。サンフランシスコ講和条約が漸く四月に発効する、という時代背景がある。

注目されるのは、冒頭からかぞえて二十三首目に、力に満ちた蠍座の歌が現れるところ。「銀河繚乱」という十三首からなる一連で、生の重みをしばし逃れ、銀河にゆめを放とうとする内容である。

「うつしみに何の矜持ぞ」は時期としては「オレンヂ」6号と7号の間ぐらいにあたり、同連では何首かに初出からの改稿がみられる。「蝎座」の歌は緊張した旋律に改変がなく、この段階で歌の明澄な弦を張り得た才能の一端がうかがえる。

「蝎座」は第一歌集の末尾に置かれることになる。また、「銀河繚乱」の歌と共に、後の自選歌五十首の中『空間格子』から採られた五首に入る（「短歌」昭和四十七年八月号）。（他三首の初・二句は、「悲しみの姿勢のままに」「夕さやかに虹たちしこと」「喪ひしもののかへりを」）

「女身」と「白鳥」の夢の歌は「断崖」四首から。「日本歌人」1巻2号の「乳をきりさかむ」もここに並ぶ。結婚前後の時期の、焦りか疼きのようなものを歌っているが、歌語としては、美しい夢の転身として白鳥がはじめて現れた。

風に意識が澄み透る一首は、初期には破格の字余りとなっている。山中が、一首を、短句と長句の組み合わせよりとらえていた、そんな構成意識をここで読みとってもよい。

『空の鳥』全七十一首からの、第一歌集収録歌は、初出が判明したものに限ると、わずか十五首のみとなる。初出誌のデータは完璧ではないので歌集収録はもう少し多かった可能性はあるが、それでも、「ノート（原稿）」→「結社誌」→「合同歌集」→「第一歌集」とまとめていく過程で、歌は相当しぼりこまれたと考えるのが自然である。第一歌集へは、七十一首から厳選して二十一首が採録されることになる。

合同歌集刊行後、次の転機までの歌をみておく。

「日本歌人」3巻3号（昭和二十七・三）作品　其二

＊わが裸身まこと素直に湯に入るよ風吹けば揺れる孤愁をもちて
子を抱きて笑む術知らぬわがまみの清潔なりと湯に瞳をつむる

あやすこともけどほくたゆく子を抱く女等の前に眼をつむりゐる

「寒夢拾遺」

病床に視野おろかしくあさあさを夢語りする夢よりも淡く

眠の中にとめどもなくて浮びくる夢の色彩をわが掌に創る

＊形象は旋律ゆるくしりぞきて眼裏あかるく眠りに入りぬ

火の鳥は枯野をよぎり飛び立ちぬかうかうとして風たつときに

「日本歌人」3巻8号（昭和二十七・九）

＊蜩がわが両肩にしみいれば信じあふことの哀しみは言はず

＊わが内部《うち》に滅（滅）びしもの、挽歌なれば輪を描き輪を描き湖心に入れよ

「日本歌人」4巻1号（昭二十八・一）

いらかにも紫のいろかげるゆゑ夕ひそかに唇紅《べに》落したり

3巻3号の歌は切ない。結婚後一年半ほどの夫婦にはまだ子がなかった。銭湯であたりまえのように子をあやす母親たちをまえにして目を伏せるという一首に、当時の作者の偽らない気持ちが表されているようだ。4号では、夜霧に前世と魂を想う詠草欄の作に加えて、「寒夢拾遺」二十首が一挙掲載された。目次に表題と氏名が初めて載った。『空の鳥』で語られた「ねがい」が、具体的にかたちをなしはじめたが、まだ夢にみる色彩や形象をなんとか捉えようとあがいている感じがあり、夢そのものが新しい感覚や表現で歌われてはいない。枯野から飛び立つ火の鳥

の姿（幻）が、ことさら印象にのこる。

「蜩」は、気のはりつめた秀歌といえる。「滅びしもの」は曖昧さも残るが、「滅び」に時代背景や個人史における断念などを読み取ることはでき、抽象化された表現へ着実にすすんでいることが窺える一首。一方、口紅を落とすという女性的な所作を詠んだ歌は、その後厨や化粧といった女性らしさが歌のテーマにのぼってくることは稀になるという意味で、貴重な一首となっている。

昭和二十八（一九五三）年度の発表作はあまり多くないようだが、これは本人の調子とは別に、「日本歌人」自体にも問題があった。バックナンバーの後記でしばしばみられることだが、締切を守らなかったり、会費を滞納する会員が少なくなかった。加えて、事務的な処理の遅れや編集の遅れについて、発行人の愚痴と弁明は絶えない。加えて、編集サイドに健康問題なども起こる。昭和二十八年三月号（通巻第百十八号）の「寧楽通信」で前川佐美雄は、「漸くにして日本歌人も順調のやう」で、「再建はなりたちました」という。「今日の歌壇の雑誌は殆どみな」写生、リアリズムで、「日本歌人だけが全然異なる立場にある」とする。今後は本質的な文学運動の「中心」となり、「推進力となる覚悟」が要ると宣言していた。

だが４巻の中盤から、「日本歌人」は急速に勢いを失う。４巻５号（六月号）からしばらく、同誌は実に四ページの薄さの「パンフレット」になっている。「日本歌人」名での復刊四年目、同誌は休刊の危機にあった。九月号（未確認）は通常の誌に戻ったものの、それから半年ほど実際に休刊となったようである。

山中が短歌研究新人五十首詠に応募したのは、そういう期間であった。同じ一月、「短歌研究」一月号に前川佐美雄は「鬼百首」を発表（塚本邦雄は六月号に「装飾樂句《カデンツァ》」三十首）。結社にとっても、歌人一人一人にとっても乾坤一擲の時期であった。

山中は入選七十三名に入った。特選は「乳房喪失」（中城ふみ子）、推薦は川上朝比古、石川不二子、島田幸造の三名。「日本歌人」からの入選は赤田喜美男、赤座憲久、山中の三名。入選作品から十二名の抄出が掲載され、山中の「わが瞠《み》しこと」も十四首が掲載される。この掲出歌は編集部（編集長だった中井英夫）の選だったようだが、「驚いたことには」「ことごとく私のひそかな自選歌と一致していた」という。（「鳥髪まで」①）

この、昭和二十九年一月、「わが瞠《み》しこと」五十首を短歌研究新人賞に応募し、入選したことが、二つ目の転機となったのは疑い得ない。

同誌六月号には一挙三十首「粗描」が掲載される。この一連は、そのまま第一歌集に収められた。勢い余ってかなり字余り、破調となった歌もあるが、歌集収録に際して大きな改変がみられるのは数首程度である。山中の意識の中では、一首は長句と短句の組み合わせとして捉えられていたことが窺えるが、第三句を七音のまま残すのはあまり好ましくない。

「わが瞠《み》しこと」は少し順序をばらけさせて収録。ブレイクの画を想わせるような「悲しみの姿勢」、「滅びしものの映像」といった抽象的な捉え方が、月蝕、手指という五感で感じられるものと同列、またはつながって詠まれることで無理なく一首に溶けこんでくる。心機一転して歩みを軽めるのに胸の襞を畳むといい、今日の詩想・幻をとらえんとするのにビニールの紐を持ち出す。哀しみを罠のようにはりめぐらす、という歌い方には迷いがなく、解釈の幅を生むがイメージのとっかかりは読む者に与えられている。「スタイル」が出来上がりつつあるといってよいだろう。

＊悲しみの姿勢のままにわが見たる食尽の月の銅色の影　「わが瞠《み》しこと」
＊両の手の指を楯にしてまむくとき滅びしものの映像をみたり　（同）
＊幾つかの襞をたたみし胸もてばあざやかな転歩の跡は残さず　「粗描」
＊ビニールの紐を幾筋も張りめぐらし今日のまぼろしをとりおさへよう　（同）
＊あたりいちめんわが哀しみをはりわたす陥穽を越えて人は来りぬ　（同）

昭和二十九（一九五四）年の後半、山中は「日本歌人」に歌を出していない。八月号（5巻3号）の五首中、二首は「短歌研究」四月号の抄出と同じ歌で、応募作五十首を改編して同誌に分けて出していたと思しい。

九月、十月と休詠し、十一月（5巻6号）には、詩を出している。「彼岸―和泉式部覚書―」。標題にある和泉式部に呼びかけるかたちとなっている。四連のうち最終連を引く。

ごうごうともりあがりもえあがる水／炎炎とながれゆく河／式部よ／それはあなただ／脈うつ生命《いのち》の指針のまま／かへりみることを知らぬ／火となつた水だ／火の激流にすべての女が

斃れ／ひとりのあなたが誕生する／あなたはこんこんと世紀にまたがり／神神のたそがれを
走つてゆく

この詩は、宗像ちゑ著『星暦』に収められていたから、新しい創作ではなく、あまり人目にふれなかった旧作を再提出したことになる。初出では「一九四八」と記されていた。恋愛の炎に多くの女性が倒れ、その繰り返しの果てに一人の歌びとが選ばれたかのように屹立し、詩を綴るというヴィジョンが鮮烈である。

戦後の空気の中では噫《おくび》にも出さなかったであろうが、保田與重郎著『和泉式部私抄』（昭和十七年）などの古典論を、山中はおそらく熱心に読んでいたと想像される。同書で、和泉式部は世界文学史の中でもたぐいまれな大恋愛詩人であるという評価をされていた。また、同書を離れても、和泉式部へよせる想いは別格で、熟読していただろうことは、総合誌での評論第一弾が和泉式部をめぐる鑑賞文（「短歌」昭和三十八年六月号）だったことにも表れているし、後年の歌集でも本歌取りは多い。だからこそ、初期の熱愛の相聞歌を書き得たのだ。

歌人自身の言葉を引用すると、「あの頃はまだ読み方が浅くって」、「和泉式部は寺田透と」「保田与重郎。それに清水文雄。研究の方ではね。だから私なんかもうやることなくってね」（「山中智恵子との対話」・菱川善夫著作集9『千年の射程―現代文学論』二〇一一年・沖積舎　以下、③と表記）

やや足踏み状態であったことの理由として、新人賞入選という結果を受けて新たな表現を模索していたともとれるが、昭和三十（一九五五）年の資料により、健康をくずしていたことが理由の一つとして挙げられる。

転機の三つ目は、日本歌人賞だった。その前に、受賞に至る一年の作品を少し詳しくみておいたほうがよい。「日本歌人」6巻1号（昭三十・一）「一月集Ⅰ」より、全五首。

奪はれゆく意識にみたりわれを知る鏡砕けて微塵となるを
＊我を知るもの一切を断絶す水晶の盤こぼたれし晩夏
フオルマリンに漬けられて鈍き光放つ肉片のみ知れりメスの硬さを
夜あけの風額かすめしとみひらけば三夜ねむらぬきみのてのひら
水鏡に夕雲うつし遊びゐる首動かせぬ痛みのゆふべ

麻酔、メスといった語彙に入院治療（手術）の経過がうかがい知れる。こぼたれた「水晶の盤」、微塵と砕ける鏡、という比喩に、「首動かせぬ」リアルな「痛み」が重なる。寝ずに看病をしてくれたのは夫であろう。

続く6巻2号（昭和三十・二）は作品がなく、消息欄に「再度入院加療中」とある。三月号には三首出されたが、レコードと眠りといういかにも病後という内容の歌で、弱弱しい。消息欄には「病中より作品二十首を『短歌研究』一月号に」出詠とある。このとき出された、「牧歌――バセドウ前後――」二十首（昭和三十年一月号）より。

無傷なる裸身の終末《をはり》みるは医師ら神のごとくわれは今を笑みたし
無疵の頸固定され全麻開始われを切るメスは見たしと思ふに
脈とられ髪しばられ準備とゝのふ何かたのしきこと始るやうに
植物の群生か静かなる医師らの手失はれゆく意識の際に
繃帯は鉄の首枷激痛に贖罪のながき午后ははじまる
額《ぬか》かすめしは夜あけの風か微睡《まどろみ》を看護れるきみの掌の風か
鏡面にきりとりし空もうつろひゆく痛みのみ我をこの夜も支ふ
なめらかな白きわが咽喉をみにゆかむつき放されし虚妄の時刻
逃れ出づる術なき痛みにとりこめられ神もたぬわれに銀河の均衡

6巻1号でもみられた悲痛な調子の歌が、いっそう具体的に歌われていく。白い肌が傷つけられるのは「終末」であり、「われを切るメス」を凝視したいと思うが麻酔で意識はおぼろ。醒めると激痛がはしり、手をとってくれる夫の姿も定かに意識できない。なめらかで白い咽喉は、もう戻ってはこない。この世に、神などいるのか——。

人生航路を左右するような出来事が自分の身にふりかかってきたとき、創作（文学、または広義の芸術）に携わる者はいかにふるまうか。表現どころではないと切り替えるのか、また創作にすべてを巻きこんで生き方として示していくのか。すべての創作家は、このことを問われる。山中のとった道は、生身の痛みを直截に出すのではなく、その痛みを言語表現としてさらに只管に磨き上げようという態度であった。そのため、歌集編集に際して、これらの一連は目立たない、コンテキストのわからないばらばらの歌にされてしまった。

この時期、甲状腺の手術（年譜）が、直截に歌われていたのだった。あまりにも痛々しい表現がある。歌集に採られたのは引用以外の数首、同じような詠み方は二度となされなかった。山中は短歌研究新人賞受賞者、中城ふみ子のことを（自らの乳癌を歌う「乳房喪失」）、じっと注視してもいただろう。中城は受賞四箇月後の昭和二十九年八月に死去したが、自分はこの後中城のようには歌わないという決意が、どこかで定まったはずだ。

歌人では「日本歌人」の前登志夫と、結社を離れた塚本邦雄の作品に瞠目しつつ「私は入院、手術、再手術で疲れ、作歌の気力もゆとりもなくて、茫々と、次々に発表されるこの二人の歌をみつめていた」（「鳥髪まで」）。

＊揺すられてわれは埴輪の群のひとり渇望は風に歳月は手に

「日本歌人」６巻５号（昭和三十・六）作品 Ⅱ

＊悠《とほ》きものは何もなかりきここに坐せる土偶の眸の稚き春秋

「日本歌人」６巻６号（昭和三十・七）作品 Ⅱ

＊人造湖に木も石も沈め風を祀り素足のひとを待つこと久し

「日本歌人」６巻10号（十一・十二月号）（昭和三十・十二）十一月集

＊旗の中に埋もれて死ぬは幻影のみ牧歌の時代を持ちしことなし

六月号から本誌に復帰した。「粗描」にも「埴輪のわれ」が山々と言問う、という歌があったが、土偶や埴輪が急に歌われ出した感もあり、暗示的である。牧歌の時代を持ったことがない、というのだが、そうだろうか。新婚時代のあの健気さは、牧歌のようにも聞こえたのだが、本人にとっては違ったのだろうか。

繰り返しになるが、療養前後の歌は第一歌集では、病中詠であることはほとんどわからない、目立たない歌になってしまった。完全に消し去った訳でもなく、強く前面に出すこともない。ある種の迷いがあったのではないか、と思える。現実には牧歌的時期を持ったことがないと歌ったが、一連のタイトルには「牧歌」を採用した。作品編集の意図と、作品世界を作者から切り離す抽象化の手続きがみてとれる。

さて、年が明けて一月号は第一回日本歌人賞の発表号となった。第一回日本歌人賞は『高踏集』にも参加していた東博（大正七年生）と、山中智恵子の二人が同時受賞したのだった。

一月号の出詠（五首）に、受賞の知らせの後かどうかわからないが、「日本歌人」7巻1号（昭和三十一・一）の、「明日の空につぶてを投げて時過ぎぬ問ひかけはいつも女ばかりが」という「女」の立場を歌う作などに変化の兆をみてもよい。

次号、「日本歌人」7巻2号（昭和三十一・二）には「距離と空間——交響的発想——」三十五首を発表、爆発力をみせた。作品はほとんど第一歌集にとられているが、その際配列は全くばらばらにされている。そのことからも理解されるが、「交響的発想」という主題制作の意識はありながら、必ずしも（歌集の中核となるようなテーマで）統一された一連というものではなく、とにかく瞬発力と歌うたいとしての芯の強さをみせたところにこの長い一連の特徴があろう。受賞という第三の契機がもっとも強いスプリングボードとなったことは、疑いえない。

「短歌」（昭和三十一年五月号）が組んだ「新しい短歌の技巧」というミニ特集で、山中は自作を実験性ゆえに「危つかしい」といいながら、「私がひとつのフォルムを考へる時は、伝統的な継承されたフォルムと、自分の中で新しく力を持ちはじめたフォルムとのたたかひです」と強い言葉を発している。「構成のために模索を続けてゐる」ため、「さまざまの衣裳を脱いだり着たりすることも止むを得ない」、「自分の病を癒さうとするのでなく、大切なのは病を負つて生きることです」。――「病」は実際の病歴と、「錬金術師」や「薄つぺらなモダニスト」にみえようと模索をやめることはないという比喩的な意味合いが二重になっていると慎重に読んでおきたい。

後に、山中は自分の考えを一層明確に、次のように述べている。

山中にとって、短歌表現と「私性」は切っても切れないものであるのだが、「抒情の在り方をきびしく問いつめるとき、〈私〉にたちながら、如何に作者の実生活・感情を、表現によって越えられるか、それぞれの立場に引きつけて、種々の処方が出される」はずだという。（「内臓とインク壺　―私性をめぐって」①　初出「短歌」昭和三十七年六月号）

単純なリアリズムではなく、生活のメモではなく、かといって単なるアンチ写実というのでもなく、生身の自分を超えたものではない、自らの身体に即した表現の工夫と技術。それがいかに可能か、と問い続けること。

「私の魂と作品が正しく照応することを希う」、それが自己実現であると山中智恵子は表明している。

5　文体の獲得と『空間格子』への道

初期から歌集上梓に至るまでにはまだ文体の変遷があった。「日本歌人」7巻2号（昭三十一・二）「距離と空間―交響的発想―」三十五首以降の作品（7〜8巻）から例を挙げてみる。

＊砂浜に暗いテントが置かれゐて赤と黄の縞に全世界を拒む
＊天空の大三角は銀河よぎり鳥たちは道をひとつしかもたぬ
＊悲しみは歌ひつくさず雪のあとの空の反射《かへり》は痛みよりも青く

「日本歌人」7巻2号（昭和三十一・二）

気持ちを直截的、直情的に歌わない、という訳ではなかった山中だが、自らをさらけだすような詠いぶりをいつしか抑えるようになる。派手なテントが世界から孤絶しているようだといい、星の運行を背景において鳥の飛ぶ道筋を見極めんとする歌といい、具象がはじめにあって、抽象へ向かう思考のあとがたどれる。悲しみを歌ったあとには、その言葉も届かない、心身に染み透るような空の青をとらえる。投稿時代にも、空を見上げていた。感情をたっぷり表すために字余りも辞さない。

前に見た歌のように、怒りや悲しみを直截たたきつけるのではなく、「歌ひつくさず」に歌う方法も試みている。字余りよりも、ある時期から増えてくる字足らずの歌に秀歌が多い。

＊直弧文に白き銅鏡は飾られて鳥はうたふおなじ歌を

「日本歌人」8巻1号（昭和三十二・一）

＊柿の葉のみがける空に傷つける鳥たちの嘴《はし》遍在す

「日本歌人」8巻2号（昭和三十二・二）

＊遠き河ひらめきながる地の平衡涸れた井戸にこほろぎが鳴く

「日本歌人」8巻4号（昭和三十二・四）

歌集収録の際改稿の余地・時間はあったはずだが、あまりしていない。これまで挙げた破調の作品から、長句と短句の組み合わせとして一首の流れを把握していた、厳密に音数を合わせるのではない山中の定型意識・創作態度が知られる。なかでも、この二年間の作品を通してみると、あまりみられなかった字足らずの歌が昭和三十二年になって増加傾向にある。すなわち、推敲と刈りこみがもたらした結果であろう。意識的に音を削いだ8巻1号の「鳥は歌ふ」の六音・六音はかなり苦しいが、2号と4号の、遍在する鳥たち、枯れた井戸のコオロギは、一つの成果といってよい。柿の葉に磨きだされたような空のあちこちに、鳥はいて、その嘴はみな傷ついている。ものいわぬ鳥の仲間に自分も入るだろうか——「傷つける」は動詞というより、嘴にかかる修飾と読みたい。遠い河がひらめくように光る（文法的には「ながるる」であろう）、平たい大地に、枯れた井戸がある。その底に鳴く蟋蟀の、寂寞とした光景。「我」なるものはどこにもなく、しかも音の欠落感がかえって蟋蟀の孤独を聞いている「我」の影を感じさせる。

字足らずの歌が増えだした理由の一つに、体言止めの模索が挙げられる。初出誌を追うと、一年以上試行錯誤しているさまが伝わってくる。

第一歌集の歌を初出誌と突き合わせると、歌集採録にあたって、初出ではほとんどみられない「一字空き」が、非常に多用されていた。見やすい例としては、巻頭の「洪水伝説」。初出全二十首をほぼそのまま収める。うち半数の十首が、初出にない一字空きを採用している。初出誌で初めて一字空きが登場するのは、「目睫」である（「短歌研究」昭和三十二年四月号）。二十首中、十二首にみられる。ちょうど第一歌集の入稿後の時期にあたるため、これらの歌から七首が第二歌集『紡錘』に収録（逆年順なので巻末に）。昭和三十一、二年といえば「前衛短歌論争」の真っ只中であった。発想上、文体上、表記上の影響を指摘しないわけにはいかないだろう。

「短歌研究」（昭和三十一年八月号）「洪水伝説」二十首より

＊教会はクレドに満てり□風下の濡れた土手の下の羊歯の化石

＊捧げるものなくなりしといふ物語の絵□石庭に来て叫ばぬ石あり

＊幾たびひろがりて止む礁島の原子雲□偶像は泥の足して
＊離されゐし陶片をつぐ□伝説の洪水いつも静かに来り

記号□を入れた部分は初出では詰まっており、歌集では一字空きになっている。クレドはキリスト教のミサで謳われる歌、ラテン語で「我信ず」の意。視点は化石に転じて文化の古層を探ろうとするのだが、「わたくし」なるものは一首から払拭されている。それでも、歌集巻頭歌に置かれたことの重要さを考えると、教会は信仰に満ちていても自分にとって信じるに値するものはあるのか、と問うているようで、西洋を意識しつつ和の形式である短歌で何が詠み得るか試そうとする意欲がみてとれる。「物語の絵」においても、私性なるものは背景に退く。石庭に「来た」のは作中の主体だが、石をみつめて「叫ばぬ」と形容するところに、実作者の視点の投影があろう（あるいは、石が石庭にもたらされて・来て、叫ぶほどの力を失ったというのか）。原子雲は第五福竜丸事件等を受けて書かれた、時代状況を反映した珍しい一首。総合誌でも「死の灰」に関連する特集が組まれている。陶片を組みあわせると洪水伝説が浮かんでくる――音もなく洪水が迫ってくるイメージを顕たせる、一連の末尾の一首には、作者の狙いがもっともうまく生きている。空白は、結社誌と総合誌でさんざん鍛えた歌＝伝統につながる詩を出版するにあたって加えられた最後の斧だった。

文体の多様性を入手した一方で、犠牲にされたものはなかったのだろうか。

失われた傾向として真っ先に浮かぶのは相聞の歌群だ。みえなくなったのは、相手（夫）への想いとその関係の濃淡である——編集過程でやんわりと封印されたのは、後年、夫の死後水沢病院で療養するさなかに噴出した歌群にみられる歌の、原型ではなかっただろうか。相思相愛でありながら、恋情に高揚し過ぎている女と、あくまでも怜悧な男。

原型といえば、昭和終焉の時期に父母が直截的に歌われる例があり、珍しい。かつて母の琴を書いた戦後すぐのころの詩と、共鳴するようである。

筆者は以前塚本邦雄の記憶の噴出について同様の事態を指摘したが、山中の生きた時代の激変と、「敗戦」をあまりにも重く受け止めたことを改めて考えざるをえない。それは生涯を左右する出来事であった。

唐代に夭折した鬼才、李賀の詩「二十歳にして心已に朽つ」を二十歳の山中は「護符」としていた(「鳥髪まで」①)。最晩年の言葉を引用すると、「終戦の時、天皇は退位しなかったが、この時、実は私の内なる天皇制はすでに空無化されていた」(二〇〇〇年六月十九日付朝日新聞夕刊)。伊勢神宮に奉仕した皇女である斎宮の六百年以上の歴史を、六十六人におよんで研究したことも、「私のひそかな天皇制空無化であったと思う」と語られる。山中智恵子の没後、各誌の追悼特集でも再三確認されていたが、その気概と生き方は、たとえば、

昭和天皇雨師《うし》としはふりひえびえとわがうちの天皇制ほろびたり　　『夢之記』

といった歌にみられるごとく凛としてゆるぎない。

空虚な戦後という時間を生きるために、詩歌が、言葉が、必要であった。

ここまでの歩みをたどることで、『空間格子』に寄せられた前川佐美雄の序文の理解も深まる。「はじめ抒情過多とも印象づけられた山中さんの作品が、ここ数年来次第に簡素に整理せられ、その反面たいへんむづかしくなつて来た」、「その作品は、過剰とも思はれる豊かな抒情を知的に処理し、ことごとく批判し、計算しつくされた上の清らかさと美しさを持つてい（ゐ）る。むづかしい歌には違ひないが、いはゆる難解歌とは全く出所因縁を異にするものである」。

いまや、私たちは、「出所因縁を異にする」といわれた、その来歴を確認することができた。経歴に即するだけでなく、作品史として、実作の変化をとらえることができた。

山中は言う。第一歌集の標題は、数学辞典からとったものだったと（③）。

「二十代の終りにひとつのとじめをつけるため、五百首ほどの作品から、二百八十首を自撰した」（『空間格子』②）。

『空間格子』の後記では、全体を二部に分かち、ほぼ逆年順に配列、前半「記号論理」は昭和二十九（一九五四）年から三十一（一九五六）年の作、「雅歌」として昭和二十九年以前のものを七十九首加えたと書かれる。ただし、「短歌研究」五十首競詠掲載作が数首、二部に紛れこんでいる。ともかく、結果として、前半の実験性と、後半のナイーヴさがアンバランスな一巻となってしまったところは否めない。

「極」の同人でもあった安永蕗子は、この前半について、「無辺在（際）の中に新しい秩序を引こうとする外に向かって拡がった視点」という「特長」と「聡明」を挙げ、後半については、

「みずみずしさと若々しい内容を愛さずにはいられない」と述べ、前半が連作としてイメージを拡大させる構成力の賜物だとすれば、後半の歌は「一首一首に於いて読者を納得させる作品」だと共に評価している。（『幻視流域』一九七二年・東京美術）

歌集収録歌の下限にもふれておく。

「日本歌人」8巻3号（昭和三十二・三）は、作品なし。

8巻4号（四月）の六首はすべて三月発行の第一歌集に収録。

8巻5号（五月）の八首からは二首が第二歌集『紡錘』に採られることになる。

昭和三十二年には青年歌人会議の関西支部が毎月開いていた例会に参加するようになった。会が三十四年に解散した後、山中は塚本たちの「極」に合流、毎月大阪で塚本邦雄・原田禹雄と山中智恵子が会合し、他のメンバーも随時参加した。「極」の会合は三十六年の夏まで続く。それが『紡錘』成立までの大きな背景である。（原田禹雄「ことば過ぎゆく」『山中智恵子論集成』所収二〇〇一年・砂子屋書房）

『空間格子』が、封印というのか、長らく再読される機会のない希少な歌集だったことははじめに述べた。山中はこの後、歌集の冊数を重ねてゆくのだが、いつも、どこか不満で、忸怩とし、常によりよき作品を追究していた。③

しばしば古典と現代を往還したが、歌謡がもつような無名性へ開かれていくよりも、個としての意思を強く感じさせる、自分のスタイルを持った歌人として個性が磨かれていく。ここに現代短歌の一つの達成と限界をみるのも興味のあるところだが、それにはまた別稿を要する。

波頭きらめきよせて砂しみゆく　聖痕の頸はたてて歩まむ　『紡錘』

痛みから、表現へ——。歩みは始まったばかりである。

巫《かんなぎ》は神の言葉を伝える媒介者であるが、山中は自分を超える存在の考えを歌に翻訳していたのだろうかというと、そうは思えない。己の身体に発する自分の気持ちを、磨かれた言葉を通して十全に歌い通そうとした、明澄な意識の持ち主であった。

第一歌集『空間格子』——山中智恵子、三十一歳。長い昭和は、ようやく中間点を過ぎようとしていた。戦後十年を経て、三重という土地に、詩人としての自覚を備え、方法を模索して努力する一人の女性の表現者が誕生したのである。

「語割れ・句割れ・句またがり」考

1

「語割れ・句跨《また》り」といっても、何のことだろうと疑問に思われる方も多いかもしれない。短歌に興味をもち、実際に歌を書いていれば、五・七・五・七・七の句切れに従わない、独特のリズム感をもった修辞・レトリックである、というイメージは浮かぶことだろう。実作の際、そうとは意識しないまま、句の半ばでリズムが途切れたり、意味の区切りが入ったり、一単語が句切れ通りにうまく収まらないまま次の句に続いていることだってある。

「語割れ・句跨り」と一括される名称は、しばしば聞かれる「句割れ・句跨り」と全く同じものだろうか。それぞれを区別するなら、何をどこで分ければよいだろうか。

日本語の文法論や修辞学、歌学の長い尾根をたどるには、私はあまりにも軽装すぎるのだが、これから自分のたどれる範囲で、できるだけ例歌を挙げたい。実例に沿って、いったい「語割れ・句割れ・句跨り」とみなされる技法がどのように用いられ、短歌にどういう効果をもたらすのか、少しでも明解にできればと思って稿を起こした。

短歌の基本のうち、五・七・五を上《かみ》の句、七・七を下《しも》の句と呼び、始めの五音を初句、次の七音を第二句、次の五音を第三句、下の句の七音をそれぞれ第四句と結句と呼ぶことにする。和歌の表記・通し番号は私意による（岩波日本古典文学大系、角川ソフィア文庫等を参照）。

1　いま桜咲きぬと見えてうすぐもり春に霞める世のけしきかな　『新古今集』春上
2　晴れ曇り時雨は定めなきものをふりはてぬるはわが身なりけり　『新古今集』冬
3　下燃えに思ひ消えなむけぶりだにあとなき雲のはてぞ悲しき　『新古今集』恋二

1は、歌意を念頭におきながら読みなおすと、切れそうで切れずにつながっているように読める。いま、桜が咲いているのが見えたと思ったら曇ってしまった、という春色にかすむ景色を愛でる内容に即した文体である。視界が明るんだかと思うと曇ってしまう様を、初句と第二句の微妙な接続が表し第三句が受ける。似た例に、「手に取るがからに忘ると海人《あま》の言ひし恋忘れ貝言《こと》にしありけり（取るが・からに＝取ればすぐさま）」（『万葉集』巻七）。

2の第二・三句は、「時雨は、定め・なきものを」。時雨の、定めのない様を、句の跨りが直接写している。時雨を見つつ、どこまでも老いさらばえた我が身を嘆く心情と呼吸がぴたりと合っている。他に、「竜田姫かざしの玉の緒をよわみ乱れにけりと見ゆる白露」（『千載集』秋上）。

3はさらに手がこむ。（私は）思い焦がれる火によって死に、火葬されて空に煙と立つだろう、その煙の名残をすらとどめぬ雲の行方が知られないという。煙も雲も霧散してゆくその身の、恋の果ては、誰にも知りようがない。死んでも死にきれぬとは、こういう想いであろう。これらの恋の歌の文体は内容に即呼応している。切れそうで切れずにためらいや情念の効果を出すこれらの例を、控えめに「句が途中で割れることのない、緩やかな、句跨り」と呼びたい。

次に、一句の途中で一呼吸入れられる部分（句割れ）がみられる歌を拾ってみる。それぞれ、一句を棒読みしたのでは見逃してしまう感情のゆらぎを、各句切れの基本からずれたような文体が体現している。初句・第二句に句割れと思しい現象がみられる例（4、5、6）、第四句の例（7〜9）、結句の例（10）を挙げる。

4　ややや待て山ほととぎすことつてむわれ世の中に住みわびぬとよ　『古今集』夏

5　人目もる我かはあやな花すすきなどかほにいでて恋ひずしもあらむ　『古今集』恋一

6　いつも聞くものとや人の思ふらむ来ぬ夕暮の秋風の声　『新古今集』恋四

7　散ると見てあるべきものを梅の花うたてにほひの袖にとまれる　『古今集』春上

8　あしがものさわぐ入り江の白浪の知らずや人をかく恋ひむとは　『古今集』恋一

9　面影のかすめる月ぞやどりける春やむかしの袖のなみだに　『新古今集』恋二

10　契りけむ心ぞつらき織女《たなばた》の年にひとたびあふはあふかは　『古今集』秋上

「ねえ、お待ちよ」とほととぎすに呼びかける歌謡風の4には、世を厭う思いと疲れが詠まれている。5の第二句は「我かは／あやな」。人目を憚る私だろうか（いいやそんなことはないという反語）、なんとも筋が通らぬ（あやなく苦しい）。花すすきが穂を出すように浮名が立とうともかまわないという。ほとんどナーヴァス・ブレイクダウンの調子で、忍ぶ恋の限界を示す。

6は女が男を待つ恋。「待ちぼうけの風を、いつもと変わらないものとして聞いているとお思いですか」と、初句はつまづきながら第二・三句に続く。ただし、掛詞や係り結びがある場合、句の割れや句跨りといってよいのかどうか疑問は残る。第二句の割れに、「今日もまたかくやいぶきのさしも草さらばわれのみ燃えや渡らむ（かくや、言ふ・伊吹）」（『新古今集』恋一）などがある。

7では、花は散るものなので惜しまずあきらめればいいようなものなのに、あらまあ、袖に梅のにおいが残っていたことだ、というので第四句が「うたて、にほひの」と落ち着かない。現代風には「うたて！」という位の困惑だろうか。

8も第四句が「知らずや、ひとを」と途中で割れるようである。「知らずや」は単に白波に掛けただけでなく、「知らないのか、なぜわからないのか」と突きつけるようで語調はきつい。続く「ひとを・かく恋ひむとは」の「かく（斯く・掻く）」も強く、鴨が騒いでできる波紋のように、恋はどこまでも心をかき乱すのである。

9は、まず面影を顕たせ、かすみつつ月に重なり、その像は実は涙の粒に映っていたのだという細かい詩想の動きが生きている。その涙は愛しいひととの往時を振り返ることで流された涙であり、「春や　むかしの・袖の涙に」の調子が、嬉しくも哀しい心のふるえを写して余りある。

10の結句は、「あふは、あふかは」。七夕に即して、年に一度だけ逢うのはまだましだろうか、いや自分は年に一度すら会えないのだ、という自問、嘆き。

次の例でも、句が割れたように読めた。技法としては倒置と分類されるものだろう（記号は筆者による。意味上の切れ目に「、」「／」、句の跨る箇所に「・」を入れた）。

11　ほととぎす初声きけばあぢきなくぬしさだまらぬ・恋せらる／はた　『古今集』夏
12　払ひかねさこそは露のしげからめ／宿るか、月の・袖のせばきに　『新古今集』秋上
13　きりぎりす夜寒に秋のなるままに弱るか、声の・遠ざかりゆく　『新古今集』秋下
14　わが涙もとめて袖にやどれ、月／さりとて人のかげは見えねど　『新古今集』恋四
15　むせぶとも知らじな、心・瓦屋にわれのみ消《け》たぬ下のけぶりは　『新古今集』恋四

11の歌は結句が割れる。ほととぎすを聞くことは嬉しいはずだが、素直に楽しめない、なぜならまた恋の季節に翻弄されようから。他に、「我妹子を早見浜風大和なる我松椿吹かざるなゆめ（吹かずあるなゆめ）」（『万葉集』巻一）

12の深い露は、深い情より湧く涙。（その涙と）月は、この狭い袖に宿を借りるだろう（詠嘆）という第四句の割れ・倒置は、袖の狭さ、心細い自分の弱さをことさら露わにするようである。第四句の割れに、「入り日さす山のはさへぞうらめしき／暮れずは、春の・帰らましやは」（『千載集』春下）。そして13。下の句は、弱ってゆく蟋蟀《こおろぎ》、そのか細い声そのままに、絶え絶えとして結句に続き、フェイドアウトする。

14も、月と露／面影と涙の二重イメージ。宿れと月に命じるが、たとえ袖に月が宿っても、想うひとの姿は見えてこない。

15の第二句後半の「心」は、瓦＝変わらずと掛詞が使われさらに連続してゆく。むせるほど恋の火が（瓦を焼く小屋でのように）燃えても、あなたは気づくまい、決して、という屈折。

これらの例歌はもちろん、少数例ではある。3、6などは、他にも「恋ひわびてあはれとばかりうち嘆くことよりほかのなぐさめぞなき」（『千載集』恋四）「旅寝する須磨の浦路のさ夜千鳥声こそ袖の波はかけけれ」（『千載集』羇旅）といった例が挙げられる。従来のすっきりした、淀みのない句の接続では十分に意を尽くせぬとして、変則的なリズムをそのまま残しておいたという見方もできよう。5〜15のように、一句の七音、五音が三・四や三・二等に割れるとき、その一句の座りはわるくなるけれども、割れた語句はそれぞれ先行する句、後続する句の語となだらかに連合する。句の割れは一首を崩壊させるのではなく、危うい均衡を保ちながら、内容に即した特別の調子を持つように思えてならない。最初にみた「句が途中で割れることのない、緩やかな、句跨り」に続けて、これらの効果を「句が途中で割れる、緩やかな、句跨り」と呼びたい。後者を今日的観点で「句割れ・句跨り」とまとめて呼ぶこともできるだろう。

2

フランス語には、「enjambement アンジャンブマン」なる名詞がある。一定の内容が詩行をまたいで続くこと（動詞で enjamber）を避けるのが好ましいとした、十七世紀の作家ボワローの言葉と規則に由来するようだ。イタリアでもイギリスでも仏語を借りて enjambment の語を採用するが、（名称が定まる以前の）用例は相当古くまで遡れる。ダンテのあとに出たペトラルカは『カンツォーネ』の第一歌から、いきなりこの句（行）の跨がりを意図的に採用した。私は大学の仏詩の授業で、仏文専門の教授が「句跨ぎ」と言っていたのをはっきり覚えている。手元の仏和辞典をみると訳語は「句またぎ」。英和辞典では「句またがり」。「ジャンブ」が脚を表すことから連想されるように、韻律、脚韻と密接な関係にある。

ここでは、十九世紀の次の出来事を取り上げたい。作品は『エルナニ』。山賊に身をやつす主人公エルナニと他二名の男が、一人の女性をめぐって展開する韻文の悲劇。作者はヴィクトル・ユゴー（一八〇二～一八八五）。一八三〇年二月、伝統あるフランス座での初演時のことである。戯曲の冒頭を引用する。老女は男を女の元へ手引きする立場にある。

（ノックの音。老女耳をすます。二度目のノック）

ドニャ・ジョゼファ（黒ずくめの老女）の台詞

もうあのお方がいらした？
（またノック）
確かに、忍び階段のところで。

台詞部分の原文は、とりあえず「アレクサンドラン」という十二音綴の伝統的な詩句で書かれている。十二音は六・六で区切りが入り、意味内容は一行の中で完結する。そのような、区切り方にも抑揚の規則にも口うるさい決まりのある「十二音」を一行の基本として、台詞が書かれ、読まれるはずだった。

ところが、この戯曲の初演の日、女優が冒頭の一節を口にしたとたん、会場はにわかにざわめき、そこかしこで悲鳴や非難の声が起こった。それを迎え撃つユゴーの親衛隊によるアジテーションも始まった（実は開演前から前列に陣取っていた）。翻訳では少し分かりづらいが、本来ならば最初の一行は、

「もうあのお方がいらした？　確かに忍び階段のところで。」

と十二音一行の中にきちんと収めておかねばならなかった。古典的な詩学では、一行のうちで意味を完結しておらねばならないという規則が二百年も守られてきた。作家は規則を守り、それで観客は安心して観劇できた。ところがユゴーは、敢えて、「忍び階段（レスカリエ・デロベ）」という日常のなんでもない単語を二つに切って、二行に跨らせた。二行で表記すると次のようになろうか。

「もうあのお方がいらした？　確かに忍び
　階段のところで。」
「確かに忍び・階段のところで」とセンテンスが次の行にまで跨ってしまった。禁則を破ったものだから、古典劇に慣れきった観客には衝撃だったに違いない。この他にも一行を複数の役者の台詞に分断するなど、破調をめぐって劇場が喧騒に包まれたというから、古典詩学の威厳と、ユゴーの挑発のすさまじさがわかるだろう。
『エルナニ』上演は成功裡に終わった。同じ年の七月、革命が起こりブルボン王朝は滅亡した。

3

歌はいつから、またいつまで、一行のうたであるのだろうか。

ユゴーの一挿話は、文学と政治や実社会との関係が濃厚であった時代の話になる。新古今時代、後鳥羽帝宮廷における御子左家と六条家との反目などもその一例である。韻文が文学の中心に据えられ、また柱として考えられている社会や時代においては、韻文の規則を乱すものは悪なのである。それは古い価値観にとっては悪であるが、旧弊を改め、新しい生命を生み出そうとするときには善として捉えなおされ得る。

そもそも、西洋の詩法を参考に新体詩が登場した明治時代、横のものを縦のものに当てはめようとする（縦のものを横にする）試みは各方面で行われたはずで、歌の領域においてもローマ字表記の百人一首が出版され、ローマ字表記による歌集が出る。

明治末年以来の、短歌滅亡論議を振り返ると、石川啄木の試行は尾上柴舟の滅亡論への回答として始まっていたし、叙事詩の可能性を探った釋迢空は自ら「歌の円寂する時」を書いた。新しい時代の息吹を新しい韻律で表現しようとしたとき、選ばれた一つの形式に、歌の行分け、分かち書き、句読点の導入があった。句読点の振り方と分かち書き・行分けの試みは、森鷗外に始まるようである。

史的な視野に立つとき、塚本邦雄の『水葬物語』もまた、定型を改革せんとして定型に大きなゆさぶりをかけたことが想起される。やはり敗戦後の、短詩型文学に対する否定的な風当たりの中で生まれた作品群であった。

16　まだ眠りゐるふくよかなあけがたの濕地で殼をぬぐかたつむり
17　しかもなほ雨、ひとらみな十字架をうつしづかなる釘音きけり
18　貴族らは夕日を　火夫はひるがほを　少女はひとで戀へり。海にて
19　母よりもこひびとよりも簡明で廉くつくダイジェストを愛す
20　元平和論者のまるい寝臺に敷く——純毛の元軍艦旗

16は切れそうで切れぬ句のつながりが蝸牛の動作そのものを表す。無理に言葉を詰めたようなぎくしゃくした効果を、急な（強い）句跨りとしたい。

17、18は第二句、及び結句での句の割れがみられる。「雨、ひとらみな」「夕日を　火夫は」「戀へり。海にて」と、句の割れを、わざわざ一字空きや句読点で明示しているのでわかりやすい。それぞれ、雨の巷間へ読者を誘う導入として活き、また絵画的世界をつくるのに寄与している。

19・20にはさらに問題がある。句と句の接続において、「ダイ・ジェスト」「元平和・論者」と、単語が切断されて句から句へ跨る。先に挙げた1〜15の古典にはみられない急激な句跨りである。歌意は、乱世における功利的なものの見方や処世を皮肉を交えてえぐりだすものである。通常の意味での句切れはみられないが、それを意識して読み進めると、どきりとする。19にはここまでにみたような句の割れはないが、20にはある（「敷く／純毛の」）。肝心なのは、語が切断され、その割れた単語が二句の間をまたがる点だ。19、20でみられるのは「語割れ・句跨り」といってよいだろう。そして、語割れ・句跨りがある場合でも、句割れはゆるいか、ない場合もあると知られる。以下、語割れ現象を＊とすると、

「（緩やかな）句跨り」―句割れを伴わない
　　　　　　　　　　―句割れを伴う

「（急な）句跨り」　句割れを伴わない　―単語が割れない　A
　　　　　　　　　　　　　　　　　　―＊単語が割れる　B
　　　　　　　　　句割れを伴う　　　―単語が割れない　C
　　　　　　　　　　　　　　　　　　―＊単語が割れる　D

少し性急に分類すればこのようになろうか。緩急の差は内容次第となり形式上の区別はできず、はじめの二つはA、Cに吸収させてもよいかもしれない。そうするとA〜Dの下位に緩急・効果の程度を、またBとDの下位に割れる「語」の品詞の種類を分類できよう。例歌でいうと、16は句割れも語割れもないがずるずるとつながるところが、Aと判断される。語割れがなく句割れのある17、18はCに。下の句が語割れで接続するが、句割れはない19はB。語割れ・句割れのそろった20はDとなる。

いわく言いがたい微妙な内容を表すのが句跨り、ずれや小休止を挿入するのが句割れだとすれば、通常の句切れを意識させながら、それを変拍子のリズムにしてしまうマジックが「語割れ」なのではないか。塚本はその源流を芭蕉にもとめている。

4

次に、同じ表A‐Dを使い、「急な句跨り」である現代の歌の実例をみる。緩急の差の捉え方は、内容如何で変わってくるので、最初の二行は後半四行に吸収させてよいと考えると、左表のようにまとめ直される。AからDの各下位に「緩急の違い・効果の程度」、また「語割れ」のあるBとDの場合、その下に「品詞の種類」などを分類できるだろう。

表を再掲し、例歌を『水葬物語』から引く。

句跨り　―句割れを伴わない　―単語が割れない　A
　　　　　　　　　　　　　―単語が割れる　B
　　　　―句割れを伴う　―単語が割れない　C
　　　　　　　　　　　　　―単語が割れる　D

A　春きざすとて戰ひと戰ひの谷間に覺むる幼な雲雀か
B1　聖母像ばかりならべてある美術館の出口につづく火藥庫
B2　ゆりかごでおぼえし母國語の母音五つも柩ふかく納めぬ
C1　永いながい雨季過ぎ、巨《おほ》き向日葵にコスモポリタンの舌ひるがへる
C2　繪がらすの鳥や花らににじみ降る雪、さりげなき別れの時の
D1　虹見うしなふ道、泉涸るる道、みな海邊の墓地に終れる
D2　海底に夜ごとしづかに溶けゐつつあらむ。航空母艦も火夫も
D3　當方は二十五、銃器ブローカー、祕書求む。――桃色の踵の

Aの場合、「きざす・とて」と微妙な息遣いが感じ取れる。春に目覚める新世代ではあるが、大きな戦いはまたいつ起こるかわからない。期待と不安の入り混じった気持ち。

上の句で聖域めいた空気を感じさせつつ、それが実は火薬庫に続いているというB1の文体

は、「聖母像・ばかり・ならべて・ある」、その「美術↓館」と、ずるずると切れ目をなくして続くことで違和感と困惑を生み出し、宗教と戦の関係を問いかける。B2は、新しい出発を歌ったもの。古い韻律を棺に納めるという隠喩だが、「母国・語の」という語割れがためらいを表すようである。「柩・ふかく」とあいまって、底へ納め、蓋を閉じるイメージと不可分のリズム。

花弁を舌に喩えるC1は、湿気た国土に今後生まれ得る国際性に期待する歌であろう。第二句の割れを明確にするために読点が入る。「雨季過ぎ巨き」という棒読みを警戒した。C2の第四句（二・五の句割れ）の読点も同様。しかし内容を玩味すれば読点がなくても誤読のリスクは低そうではある。

D1では「虹見うし↓なふ道」の詰屈した跨りにより、「あれっさっきまで追っていた虹は?」と、見失うという行為そのものを音感にうつす。第二句が四・三に割れる。海辺の墓地はヴァレリーの代表作の題でもある。

D2では「溶けゐつつ↓あらむ／航空・母艦も火夫も」と前半をだらだらと続かせ、また単語を寸断して結句へ続けることで、人間のみならず、本来溶けるはずのない鉄の船体まで溶解するかのイメージをもたらす。あらむ、と想像力の錨をさらに深く下ろす呼吸法。戦後という永い時間が考えられているのである。

広告文体を思わせるD3は句をぶつ切りにし、乾いた世相を表す。

引用歌で特に重要なのは、先例のなかなかみつからないD1〜D3だ。「虹見うし・なふ道」「航空・母艦」「銃器・ブローカー」。いずれも単語が割れ、句から句へ跨っていく、「語割れ・句跨り」がみられる。割れるのは、この例では動詞、名詞、（当時の）新語であり、他の品詞も語割れとして用いられる可能性を拓いた。句と語、両方の割れをもつDがもっとも屈折した文体であり、従来みられなかったリズムをもたらす。

　これらは、歌意をふまえて仮に分類したもので、すべての作品をどれかに分類、または無分類としなければならないというものではない。『水葬物語』に関していえば、仮の分類上、一番多い作品はA、次に句跨り無しの歌、そしてBとCが同じ程度で、Dはもっとも少ない。従来「語（句）割れ・句跨り」の原点として認識されてきた面が強い歌集であり、大雑把な割合としては、A・無・B・C・D＝3・2・2・2・1　といったところ。やはり八割方はなんらかの句跨りがみられ、なおかつ「私」を前面に出さない作りであるため、いつまでも特異な歌集であり続けるだろう。

　塚本自身は「語割れ・句跨り」の先蹤として戦前の新興俳句、戦後すぐの俳人の作、及びその源流として芭蕉を挙げている（ただし、芭蕉の評価は後年になってからのこと）。

5

行分けとリズムの関係を念頭に置きながら、松尾芭蕉三十代後半から四十歳前後までの発句（延宝六年〜天和四年・貞享初年　一六七八〜一六八四）をみてみよう（表記は岩波文庫他による）。

21 ●初花に命七十五年ほど （江戸通り町）
22 ○藻にすだく白魚やとらば消《きえ》ぬべき （東日記）
23 ●山吹の露菜の花のかこち顔なるや
24 ○摘《つみ》けんや茶を 凩《こがらし》 の秋ともしらで
25 ●五月雨に鶴の足みじかくなれり
26 ○櫓《ろ》の声波ヲ打つて 腸《はらわた》 氷ル夜やなみだ （武蔵曲）
27 ○二日酔《ふつかゑひ》ものかは花のあるあひだ （真蹟短冊）
28 ●雪の魨《ふく》 左勝《ひだりかち》 水無月の鯉 （虚栗）
29 ○琵琶行《びはかう》の夜や三味線の音霰《あられ》 （後の旅）
30 ●明《あけ》ぼのやしら魚しろきこと一寸 （野ざらし紀行）
31 ●海くれて鴨のこゑほのかに白し

ここまでにみてきた、短歌でいう句の割れに相当するものに○を、語が割れる例に●をつけた。句割れは、一句中に文節の切れ目が入るという例で、語割れについては、明らかに単語が寸断されていると読めた例である。たとえば22、24、27、29は第二句（中七）で一旦呼吸が入るように読める。24は早くも「茶を、摘んだのか」という倒置であろう（茶摘の作業の主体を省略）。やや突飛な語法であったろうけれど、連歌と区別されるべき、独立した風趣を盛る発句に仕立てるのには、充分強いインパクトがあった。

語割れの場合、21は「いのち七十・五年ほど」、と命が永らえるような気持ちの確認、23は「山吹の露」ばかりでなく、菜の花にも着目し、「かこち・顔なるや」と菜の花の立場に心情を置く。28は「ひだりかち／みな・づきの鯉」。句合わせになぞらえて、寒中の河豚汁に、水無月の鯉が勝ると評す。この時代フグはフクと清音で発音したともいう。

五・七・五の区切りに置き換えてみると、語句の跨りがよりはっきり意識される。26では「腸こほる・夜や／なみだ」と、中七が座五に跨り、切れ字によって座五が「句割れ」しているといえようか。初句の字余りが過ぎ、跨るというよりは、一句自体が散文的な一本調子になってしまっているが、間延びした感じがうすいのは座五の「割れ」が効いているためか。

この時期は、当時世を席捲していた通俗的俳諧を飽き足りなく思った一人の俳諧師・桃青が、芭蕉を名乗って独り立ちする頃である。破調の句体の流行に加え、異国趣味や漢語口調などを試行錯誤しながら、句風を確立する過程であった。漢語調の作品には、「芭蕉野分《のわき》して盥に雨を聞《きく》夜哉」「髭《ひげ》風《ふい》ヲ吹て暮秋《ぼしゅう》歎《たん》ズルハ誰《た》ガ子ゾ」などがある。二句目の場合、座五を字足らずとしなければ、「歎ずる・は誰が子ぞ」と句跨りとして読める。

塚本邦雄は25〜31辺りの句を挙げて、「文脈が理不盡に斷たれて、他の句と結ばれ、ぎくしゃくしたそのリズムが意外な効果を生む」とし、芭蕉のこういう「句跨り」は、「明らかに意識したものだ」と断定している（塚本は「句割れ」といわない）。（『黄鐘』一九九八年四月）

芭蕉の掲出句を読むと、確かに面白い。白魚の句では、わずかな白さをあらためて確かめるように、第二句（中七）と第三句（座五）がゆるやかに結合する。鶴と鴨の句、意味の上で区切れをたどると、第二句が第三句に跨るために、「みじかく」「ほのかに」という語がふたつに割れてしまう。割れることで、リズムとしては一度つまずくことになる。つまずいて、結句に続く。「みじ・かくなれり」「ほの・かに白し」。鶴の足に目をこらす様子、また聞こえるか、聞こえないかと耳を澄ます主体の姿勢にリズムが即応している。五・七・五ではきれいに分けられない。先の短歌の句跨り表に照らし合わせるとどうなるか。あくまでもひとつの目安として、分類してみる。

① 明ぼのや／しら魚しろき・こと一寸　A
② 琵琶行の夜や／三味線の音霰　C
③ 五月雨に鶴の足　みじ・かくなれり　D
④ 海くれて鴨のこゑ　ほの・かに白し　D

①②に、語の割れはない。①の中七はやわらかく座五に接続していく。②は中七できりりと切れ、白楽天の琵琶を三味に転じて音楽性が締まる。③④は、中七が句割れして「五・五・七」になっていると説明されることがあるようだが、五七五を強く意識すれば、「みじかく」「ほのかに」という単語が「語割れ」して句から句へ跨っている、と捉えた方がいっそうしっくりくるように思える。語感としては「急な句跨り」だ。あるいは、発句として独立させるための、詠嘆の強さや詩情の深さを出すための「切れ」という面からいえば、発句十七音における語割れと、和歌三十一音における語割れ・句跨りは、見かけ上は重なるものの、互いに逆方向へすすむ技術で

あるともいえそうだ。

ところで私は、ここまでに引用した和歌の作者や芭蕉が、「語割れ・句跨り」した破調を確信を持ちつつ用いたと断定するには慎重になる。芭蕉はどのように考えていたのか。門人の向井去来は、あるとき、芭蕉に切れ字のことをわかっているかと問われ、手ほどきを受けた。


第一は切字を入るゝは句を切ため也。切れたる句は字を以て切に及ばず。いまだ句の切れる、切れざるを知らざる作者のため、先達、切字の数を定られたり。此字を入るときは十に七八は句切る也。残二三は入てきれざる句あり、又入れずしてきれる句あり。（中略）又、或人曰、先師曰、きれ字に用る時は、四十八字皆切字なり。用ざる時は一字もきれ字なしとなり。是等は皆ゝこゝをしれと障子ひとへをおしへ給ふなり。『去来抄』

これが切れ字である、と定められた先行文献のルールを受け容れつつ、切れ字が入っても切れない句があるし、切れ字を用いなくても切れる句があるというのは刺戟《しげき》的である。実作において切れ字といえばすべての文字が切れ字になり得る、ない時は一字もないと説く。これは、文体は内容如何であるということになろう。少なくとも芭蕉は、句の内容・表現の自発性を重視し、内容に即して出てきた字余り・破調は許容すると語っていた由が他の文献にもみられる（21〜31の句も、書かれた時点で強い内的なリズム感の要請があって出てきた破調なのだろう）。

『去来抄』にある文章は、含みのある書き方である。「切れ字のことは深く秘してみだりにひとに語るな」と予め釘を刺されていたということもある。芭蕉が示したという和歌がどのような作であったのか、非常に興味の湧くところだが、秘すべき奥義ゆえに、ぼかして書かれてしまった。

芭蕉の生涯の作として、発句が約千句、和歌二首、狂歌七首が遺されている（『総合芭蕉事典』）。和歌と狂歌を数首見た限りでは、破調の句ほど本テーマの参考にはならなかった。

6

狂歌というと、『吾吟我集』といったタイトルに象徴されるような、近世のパロディーとしての歌が思い浮かぶが、和歌の余技として詠み捨てられるといったこともあり、わりと古くからある（詠み捨てられたものは記録に残らない）。

『後鳥羽院御口伝』に、寂蓮が名手であったという記述がある。「折につけて、きと哥詠み、連哥し、ないし狂歌までも、にはかの事に、故あるやうに詠みし方、真実の堪能と見えき」とその才を誉められている。会食の際に、寂蓮が詠んだ狂歌に、「何もみなくうになるべきものならばいざこの瓜にかはも残さじ」という作が残る。五句を基本とし、食う＝空に掛けた、戯れである。では狂歌の名手、寂蓮の「本気の」歌はどのようであったか。何首か引いてみよう（記号等は論者による）。

32 思ひあれば袖にほたるをつつみてもいはばや、ものを／問ふ人はなし　『新古今集』
33 ものおもへば月だにやどる袖の上をとはでや、人は・あり明の空　『千五百番歌合』
34 逢ふまでの思ひはことの・数ならでわかれぞ恋のはじめなりける　『新後撰集』
35 墨染の袖さへにほふ梅の花うたて、心も・色になれとや　『玉葉集』
36 またもこむ春とはえこそ・いはし水立ちまふこともあり難き世に　『風雅集』

いずれも句の割れ（倒置）、微妙な語句の跨り（また掛詞）により、心の微妙な動きや屈折が表現されている。33を除く歌は、新古今から風雅和歌集までと、時代を違え、撰者を異にする勅撰和歌集でも採られている。これらの歌は決して、異質な文体として歌の歴史から排除されてきたものではないと知られる。

勅選和歌集の歴史は、応仁の乱による当時の和歌所の焼失によって、二十一番目の『新続古今和歌集』（一四三九）で完結する。室町時代以降、地方歌壇の活発化と注釈書の充実などによって、和歌的なるものが幅広く浸透し、次代の文学が準備された。連歌、俳諧の興隆を迎え、連歌と狂歌が繚乱と花ひらく近世では、和歌はずいぶんおとなしくなってしまう印象がある。

時代は下って、寛文四（一六六四）年十月のこと、江戸の空を、目をひく箒星が横切った。それが瑞兆であるという狂歌が詠まれ、さる貴人の目にとまった。和歌の作者やそのもじり（小野の小餅、鼻の下の赤人等）の使用を含む勅許も得て、翌年五月、一千余首を集めた『古今夷曲集』が出版された。狂歌史上、初の本格的な一大選集で、俳諧集に遅れること三十余年といわれる。以後、江戸時代に刊行された狂歌集は数知れない。

37　梅がえはそなたのえてむ楽さうに口笛なるか／やよや／鶯　宗俊　巻第一　春歌
38　郭公《ほととぎす》えきかでやあら・卯花のしらりと夜をぞ待あかしぬる　保友　巻第二　夏歌
39　万歳の祝ひとならば銭の数八百八十・四文やれかし　不白　巻第一　春歌
40　刈《か》稲《る》を菩薩といへばそれを負《おふ》牛も大日・如来なるべし　久清　巻第三　秋歌

37は得手と越天楽の掛詞および結句の割れ、38は、「聴けないであらう」の「う」を「卯の花」と掛詞にしており、第二・三句にまたがる稀な例だ。39は祝言「万歳」の歌詞……「築地の数は八百八十四門なり」を本歌とする、「八百八十・四文」。40の「大日・如来」は明らかに「語割れ」している。これだけの資料で何らかの帰結は導けないが、和歌史にはなかなかみられなかった現象（用例）が、ここにきて現れたことは多くのことを想像させる。芭蕉はこれらの狂歌によく通じていただろう。実例をもっとひろく探れば、句割れを伴う緩やかな句跨りや、単語の分裂がみられる例がもっと出てくることだろう。川柳には、句渡りや胴切りという、ほぼ「語割れ」に等しい用語がある。

　あなたの歌は技法的には和歌ではなく狂歌の潮流に乗っていると、もし指摘されたとすれば、ほとんどの現代歌人が拒否反応を起こすだろう。かつて、前衛短歌が狂歌であると批判されたことがあるのかどうか、筆者はそこまで調べが及んでいない。だが表現の革新にからだをはっていた歌人たちの仕事を、読み捨ての、洒脱さや滑稽さを本領とする歌と同一視してよいだろうか。

私は次のように考える。もともとは稀だった用法(句の接続)が、ある内容の表現にぜひとも必要であると判断され、意識的に多く採用されたとき、「語割れ・句跨り」が「技法」として刷新されたのだと。正岡子規の生きていた時代の、形骸化した花鳥風月詠から、「私《わたくし》」を確立する近代を経て、自己と世界の関係を探究した戦後の新しい歌人たちの作品を、単なる時代逆行などとはいえないであろう。

『水葬物語』刊行から六十年が経過した。技法はすでにお馴染みとなった。今日では短歌の用語を解説する複数の事典・辞典に、「句またがり」の見出し・項目がある。「句割れ」もみられるが、「語割れ」はまだない。

私の読書範囲でいうと、「句跨り」のもっとも明解な定義をしているのは、小池光氏である。詳細には別稿を要するが、「句跨り」「句割れ」そして「副句」まで導入した氏の「句の溶接」技術論は非常に魅力的である(氏の句割れの捉え方は本稿とほぼ同じで、句跨りは語割れを伴うもの、副句は部分的にゆるやかな句跨りに重なる)。しかしながら、定義をすることで、どの定義からもはずれてしまう、解釈に不全感のある歌も出てくる。説明できないものを句跨りと呼ぶべきではない、という厳しさには耳を傾けつつ、それでも句跨りと認識してしまう作、箇所はひきもきらない。句の溶接論は多くの作品に有効であると思うが、それですべてがカヴァーできるわけでもない。私の分類はゆるさ、曖昧さを含む不完全なものではあるが、こういう厳密さから逃れ続けるものこそ、詩であり歌であるようにも思えてくる。

日本語によるソネット「虚無の春」

ソネットの由来は遠く十三世紀のイタリア、ペトラルカの恋唄三百余篇にまでさかのぼれる。「ソネット　il sonetto」という名称は「鳴り響く　sonare」という語からでており、その基本脚韻は abba abba cde cde、十六世紀クレマン・マロによってフランスに移入されたときには、abba abba ccd eed（ccd ede）が基本とされた。この形式のあらゆる変則型は、スラリーとボードレールの詩集におおよそ見出されるという。

今日、ゆまに書房版塚本邦雄全集をひもとけば、『樹映交感』という日本語による本格的なソネットを読むことができる。古くは九鬼周造が邦語による押韻詩を悲願し、マチネ・ポエティックの有志らによる試みがなされたこともあった。しかし行末の助詞をそろえるだけであったり、脚韻もふまぬ単なる十四行の詩は、果たして和製ソネットと称するに値するのだろうか。

その点、『樹映交感』に収録された十四行詩はその物語性、納得のできる、あるいは時折意表をつく押韻によって、はるかに豊かで、内容の濃い仕上がりとなっている。単純な移植をゆるさない東西の詩型を十分理解したうえでの、目をみはるべき成果であり、世紀を越えて十分に読むに耐え得る。

左は、先人の驥尾に付さんとして試みた押韻定型詩の一篇である。源実朝の数首と太宰治「右大臣実朝」の詞を、背景においている。（韻は、ababa-cdcdc-ebebe）

虚無の春

ひさしく喜怒哀楽の情もむねの奥ふかく鎖《とざ》し
花といふ言葉の無垢な結晶をわづかに待つ春
それもわくらばにとり出してみるかけらの志
ときの移ろひは白緑《びやくろく》に心はただ一事に囚はる

青春の最中去来するものはすべて死のきざし
闇は一族とはらからの血と汗が入り混つた醤《ひしほ》
曠《むな》しく庭に向かひ気がつけば月は隈なく晴れ
刹那《せつな》、岬にて立ち眩むごとく視界に逆巻く潮
飛沫するのは萩。しかも虚無の影にまとはれ

漕ぎ出さうと試みても未生にすでに裂けし帆

座礁しつつ肉体は朽ち果つるまでの生を強ひ
夏の雪に舌はしびれ凍蝶の羽おとが耳に障る
現を夢と、ゆめに現を見た眼力も月光に盲《めし》ひ
蛹のまま喘ぎつづける魂はなにに生れ変はる
殺すことも殺される事もできず漾《ただよ》ふたましひ

―悼―

閉じられないままの括弧

戦後短歌史に塚本邦雄の作品が残した軌跡は、あまりにも鮮烈である。一方で、作者像は戦後三十年近く、謎に包まれていた。

その出発点である『水葬物語』は、日本がまだアメリカの占領下にあった一九五一年の八月を発行日とする。歌集冒頭には、アルチュール・ランボーの詩集『地獄の季節』（一八七三）末尾の一節が、原文と共にエピグラフとして採られていた。

ランボーが処女詩集の配本を見ずに、詩と別れて長い放浪の旅に出たことは、すでに幾度となく書かれてきた。詩集冒頭には、五つのアステリスク（＊）と共にギュメというカギ括弧（《）が印字されているにも拘らず、閉じるほう（》）がどこにもないことで、多くの読者や研究者を刺戟してきた。たとえ単純な誤植であったにせよ、倉庫に積まれたまま打ち捨てられていた幻の詩集の奇妙な記号は、流浪の果てに朽ち果てる詩人の生という伝記上の事実と相俟って、詩とは何か、生きて書くというのはどういうことか、というなまじっかなことでは答えが出そうにもない問いかけを、今日でも発しているようだ。

そもそも、どんな着想によって、「短歌」と「ランボー」が組み合わさったのか。

塚本は作品と作者を峻別していた。作品はすべて実人生とは別の次元にあり、徹頭徹尾創作の世界に他ならないとした。短さが身上で、作歌の背景や私的閲歴が始終参照される短歌の一般的な読み方を、頭から拒絶する態度である。歌のみならず小説でも俳句でも、文芸と捉えられるものにはすべて同じ態度で向かった。戦後三十年を経て公開された年譜には、一九二二年生誕と書かれていたが、ほんとうは一九二〇年生まれであった。その事実も十年程まえまでは公にされていなかった。

戦前には万葉集を暗誦し、「わが民ごころ」を詠んでいた塚本は、戦後、もはや「神」はないと虚無的な歌を詠んだ。そして一九四八年の秋、西脇順三郎の詩集に出会って、詩の可能性に開眼したことがわかっている。塚本はそこから遡って、一九二〇年代の西洋の芸術思潮に連動した、本邦のモダニズム詩を読み漁った。その源流にランボーの詩があった。

塚本は短歌を現代詩に変革しようとした。と同時に、多くの詩人が、戦中に愛国的な作品に右傾化していたことを、悲愴な思いで反省せざるを得なかった。猛省し、創作を「戦中派」であった「この私」の「生活」とは切り離した。短歌は愛国詩でもなく述志の手段でもなく、一瞬の美を感じさせる言葉のマジックでなければならぬと考えた。第一歌集は、詩の言語を作品においてのみ考えるために置かれた、いわば大きなカギ括弧ではなかったか。

また、一面で、耽読した詩に香っていた大陸や南洋諸島につながる詩想の雄大さは、断ち切られることとなった。さらに占領軍の過酷な検閲を経て、言葉による表現が内向きになり、縮小していきかねないときに、洋の東西を問わず多彩な芸術を摂取し、歌に滋養を与え続けた。そうしてできた作品は、折にふれ現実の若者に、他者の実人生に働きかけることもあった。たとえば中・近世歌謡を多く本歌取りした歌集が、学生運動たけなわの時に回し読みされたことがあるという。

戦中に青年期を迎えた「戦中派」の人物像は、その「敗戦」経験抜きに理解することは難しい。塚本邦雄の場合、「私」の履歴の抹消を再出発のゼロ地点とした。このねじれのため、『水葬物語』以後の作品については、作家論はできるだけ控え目な脚注であってもよいはずであった。しかし平成に改元されて後、青春期を過ごした戦争時代をテーマにする歌が、盛んに書かれた。「私性」を否定していた歌人が「私の過去」に執着するという、戦後二度目のねじれが起こった。とはいえ、変革への志向や戦争への憎しみは終生一貫していた。晩年の歌集から数首引く。

半世紀後にわれあらずきみもなし花のあたりにかすむ翌檜《あすなろ》　『魔王』

音樂を斷ち睡りを斷つて天來の怒りの言葉冱えつつあり　『獻身』

あぢさゐに腐臭ただよひ　日本はかならず日本人がほろぼす　『風雅默示録』

臘梅に淡雪にじむ夕日かげ生《あ》れかはるとも國のために死ぬな

ゲバラの死後も死後のゲバラもぬばたまのクラリオン吹く時蘇る

秋風を踏みつつあゆむ　たとへば今日愛國者とはいかなる化け物　『汨羅變』

青春という逆説

滋賀県での用事の帰り、ふと思い立って東近江市の五個荘を訪れた。二〇〇五年秋のことで、畦《あぜ》道や人家の庭にある柿の木に、実がたくさん生っていた。それを見て、自分がこれからすべきことを、教えられた気がした。

短歌の師・塚本邦雄が六月に亡くなっていた。五個荘は塚本の故郷であった。柿の花や実を、歌や随筆によく書いておられたのを、私はそこで思い出したのだ。

六月以降、おそろしく空疎な時間が流れていた。

周囲では歌をやめるひとも出た。

私は、塚本邦雄歌集を晩年のものから遡《さかのぼ》って、すべて読み直した。もっとも古い時代の歌に、なぜか、一番心を動かされた。故郷や母や戦中・戦後の生活が詠まれていた。

折をみては滋賀県へ足を運ぶようになった。見聞きしたことを塚本の著作と照合し、事実を知り、また事実との食い違いに気づかされた。

資料を整理し、論考を書きためて、この二月（二〇〇九年）に『塚本邦雄の青春』（ウェッジ文庫）として本にまとめることができた。

もとになったのは、京都新聞に一年間連載した「母のくに　塚本邦雄の近江」五十回分であるが、本のタイトルを編集サイドから提示されたとき、一冊を貫く柱が見えた。「青春」といっても、一九二〇年生まれの塚本の場合、世は戦争一色だった。その言葉から連想される華やかさや甘酸っぱさは、ほとんど別世界の「お話」であった。第一歌集以降、「経歴」は抹消された。その作者が生きていた時間をたどるのに、「青春」とはなんと哀しい逆説ではないか。

連載中の一年間は、瞬く間に過ぎた。次の一年も、何組もの柄の違うトランプを並べて、延々と「神経衰弱」のゲームをしているようなところがあった。

本はできたけれど、仕事をやり終えたという感覚はあまりない。なにより、半世紀以上も前の資料は完全には出そろっていないし、歌人と作品の関係のねじれや謎が、完全に解明されたわけではないのだから。

晩年、教壇に立っていた塚本は、文芸に「超ジャンル性」が必要なことを力説していた。本書はノンフィクションのスタイルをとっているが、「戦中派」となる世代の、ある文学青年の物語としても読めるかもしれない。それこそジャンル性に拘《こだわ》らない、幅広い関心を持つ読者に届いてくれれば嬉しい。

塚本邦雄における「私」

私生活が謎に包まれたアメリカの作家J・D・サリンジャーが亡くなったのは今年（二〇一〇）一月のことだ。『ライ麦畑でつかまえて』は一九五一年に出版された。退学と転校を繰りかえす主人公は、冒頭で、自分の親や出自について話すつもりはこれっぽっちもないと宣言する。従軍経験をもつらしい作家本人も二年後に隠遁し、伝説性を強めていった。

本邦の戦後短歌史に目を転じると、同じ一九五一年より歌の革新運動を進めた塚本邦雄がいる。やはり履歴がある時期まで伏せられ、一旦公表された年譜も実年齢とは二歳ずれている（さばをよんだ）ものであった。

まず年齢や職種から適当な作者像を描き、それから作品を判断する。そんな通常の読解に対するはげしい反発心が理由の一つにあっただろう。

塚本は今から二十二年前に、次のような歌を詠んでいた。

サリンジャー死せりと聞きしそらみみの何ほほゑまむ秋の葛切　『波瀾』

伝説化している作家の訃報を空耳にし、「今まで健在だったのか」と一瞬口元がゆるむものの、「なにを今さら」という気分の方が強くなる。時期を逸したものはまずいとばかりに、葛切も味気なくなる。塚本にとっては「継続」こそが最重要なのであった。また、作中の私という主体は、必ずしも作者ではないと主張し続けた。平成以降の歌集から引用する。

何年前いづれの國のどの野邊に戰病死せしわれか　花の夜　『魔王』

二十五歳まで戦中を生きた歌人の足跡をたどっても、戦地を踏んだ記録はない。春夜もの思いにふける「われ」は自己ならぬ自己であり、まかり間違えばどこかで別の命運をたどった「私」である。いわば死者の視点で詠まれた歌。

これをいびつな創作態度ととるか、文学の表現における実験精神ととるかは、意見が分かれる所だと思う。

泡雪の泡さながらの生靈《いきりやう》に短歌は完全に包圍されてゐる　『黄金律』

言葉は、歌は、自分一人のためだけにあるのではないと、遺された歌群に教えられる。

塚本短歌の重層性

歌ひおほせて何はばからむ松の花散りつくしたる後の虚空《おほぞら》　『不變律』
澁谷區の澁にあくがれつつあゆむわが官能たとふれば晩春　『獻身』
白内障《カタラクタ》こころにうかぶ夕露のたまゆらにふるさとも亡びよ　『風雅默示錄』

右の三首、代表作として挙げたのではない。厳選した絶唱をもって一人の歌人を顕彰するのが塚本評論のスタイルであった。何十回となく引用された歌を挙げておくのは確かに無難ではあるが、塚本短歌自体に同じ手法を適用すれば、その多面性を見失いかねない。

「松の花」の歌は、『去来抄』「先師曰く、いひおほせて何かある」をふまえる。すなわち、言い切らぬのがよかろうと説いた松尾芭蕉の声と作品が見え隠れする。歌はそれを暗示するだけで、俳諧を参照することを読者に強いることはないのだが、「俳聖」に異義をとなえていることに、気づかれることを待っている。歌は発句と違い、俳人と歌人は似て非なるものであると(「歌人とわが名呼ばれむ」『歌人』)。芭蕉への関心と距離の取り方は、最晩年までずっと持続する。

往かば還らじ還らば往かぬ詩歌にぞ一生《ひとよ》懸けたる　夜の白桔梗　『詩魂玲瓏』

闇に皓皓と存在を主張する白桔梗。芭蕉の言葉をとった歌ではこの歌の方が「分かり易い」だろうか。分かり易いことは評価しやすいことと同義であろうか。

「澁谷區」は、齋藤茂吉の没後刊行歌集『つきかげ』所収「わが色欲《しきよく》いまだ微かに殘るころ澁谷の驛にさしかかりけり」を下敷きに、朱夏へむかう官能を諧謔もこめて表現する。『茂吉秀歌』への取組みを機に、茂吉をつよく意識しだしたことと、処女歌集が畏友杉原一司に献じられ、ランボーの引用から始まっていたことを想起しよう。創作の偉大な足跡には、折にふれ評論に語られるような読書遍歴がぴたりと併走している。背後に古典が、映画が、音楽がひかえている。デジタルコンテンツの普及で、音源や映像の入手が以前より容易になったことは有難い。

塚本短歌が、先蹤芸術からいかに多くのものを摂取してきたかを以前「玲瓏」38号等にまとめた。その際、必ずしも制作年代には拘らず、たとえば実朝にふれた歌であれば新旧を問わずすべて集め、実朝に向かう態度がいかに一貫しているか、または変化しているかを見た。塚本の歌は、常に、視野がひろがる驚きと渉猟の楽しみを与えてくれる。独立性が高いのに、一首はどこかで別の一首と呼応しあっている。また、「白内障」にみられるように、故郷（や父母）への愛憎がときあって叙情に傾いたことを察知し、日常性と私性の歌にも独自の手法が使われたことを見逃してはならない。わかりにくい歌の背景にも、勘を働かせて散文を探ると、ヒントのある場合がある。読者は孤独ではない。諸著作を丹念に読めば、おのずと光が与えられる。

追悼歌を詠むということ

高温多湿の日が続き、自律神経が悲鳴をあげそうなとき、ふと、よみがえる感覚がある。
この六月（二〇〇五年）、尊敬してやまない歌人・塚本邦雄先生が亡くなられた。
湿度を蛇蝎《だかつ》のごとく嫌われていたので、御自宅といわず短歌の講座がある会場といわず、先生が涼しいと感じられる温度に設定されている場所では、多くのひとが真夏でも長袖を必要とした。

古希を目前にして大学教授に就任された。それまでは毎年、梅雨どきになると空気の乾燥した欧州へ旅行されていたと聞く。聴講に行く先々ではいつでも、女子学生が腕をこすりあわせるほど冷房がきいていたものだった。

強烈な日差しを避けてひんやりとした屋内にはいると、不意に、先生に会いに来たかのように錯覚することがある。

秋風《しうふう》に思ひ屈することあれど天《あめ》なるや若き麒麟の面《つら》

『天變の書』

大学の研究室に掲げられていた一首である。

一人一人が麒麟児ともいうべき才能を裡に秘めている。その若い活力が自分に力を与えるのだ、という風に読めた。実際、学生や受講者の個性を尊重され、丁寧な指導をされていた。指導していただいた時間を思い起こしながら、充分に麒麟児たりえたろうかとわが身をふりかえる。

正規の手続きをふまずに研究室の扉をたたいた私を、こころよく迎えてくださった。いま、右の歌の言葉をかみしめていると、歌を添削していただいたこと、選歌誌「玲瓏」や八尾西武百貨店の市民向け講座「夜鶯の会」へ参加したこと、御自宅に招かれ、シャンソンに耳をかたむけたこと、とっておきのイタリア料理店で御馳走になったことなどが、次々に思い出される。

大学をやめられたのは一九九九年三月だった。学生や卒業生たちが集まって、記念誌「嚠《りゅう》喨《りょう》」をつくった。その後体調をくずされ、手術をされてから、麻酔による意識障害がでていると、人づてに聞いていた。

御回復を願い、また以前の先生に再会したいと祈る五年間であった。

七月、「玲瓏」の編集長から珍しく電話があった。追悼号となる次号原稿はいつできるかとのこと。原稿の催促をされたのは初めてだった。

書こうという気持ちはあったのだが、なにをどう書けばいいかわからなかった。

大きな死を前にして、狼狽していたにちがいない。

雑事に埋もれる毎日のなか、誰からも連絡がなく、しずかな時間を得たときがあった。ノートを取り出して、未発表の歌に目を通すうちに、次の一首がすとんと胸に落ちてきた。

まぼろしと夢のあはひにさすひかりそのつめたさを夢氷《むひょう》と名づく

どういう経緯でできた歌か覚えていないが、とにかく、この歌なら歌誌にだせると判断した。夢もまぼろしも共に「現実」にちかいが、「現実そのまま」ではない。しかし、それらの間にさす光が、「夢氷」（私の造語）と呼びたくなるような結晶作用を起こすことがある。その結晶化の作用をになうのは言語にほかならない。

「まぼろしとゆめのあひ（間）」という十音を横にならべて、各文字を第一音目とする歌を十首書こうと決める。さきほどの歌の文字数をかぞえると、二十九文字。つづく歌も文字数をあわせて語末をそろえる。

三日目、深更の雨音を聞きながら、なんとか二百九十文字の頭韻鎖歌十首が成った。定型だからこそ書けた面が強い。定型の底力、定型の魔力であった。

つむいだ言葉は、自分が書いた以上わがものである。が、完全に自分のものではないようにも感じられる。そのひびきの幾分かは、かつてこの世に暮らしていた者に属し、どこかで死者につうじている。ことばを介して、死者に向き合う覚悟がうまれる。

すぐに八月となった。町に出ると、凌霄花《のうぜんかずら》が瀧のように咲いていた。三島由紀夫の小説『春の雪』が映画化されたことを知った。

塚本短歌の多面性

塚本邦雄先生が六月九日に亡くなられた。もう還暦を越えた方から、若いころ『緑色研究』や『感幻樂』から刺戟をうけたというような話を聞くにつけても、多くの若者を魅了してきたその足跡と持続力が偲ばれる。小説『臙脂の匙』（車谷長吉）や『テロリストのパラソル』（藤原伊織）の表題は塚本短歌から語句を借用していると聞くし、「現代詩手帖」でも追悼特集が組まれる。

私の二十代は、先生にとっての最晩年の十年間とほぼ重なる。「玲瓏」が今年創刊二十周年であるから、私の参加歴はその半分に過ぎない。しかもさらにその半分は先生が病後療養中のため、ほとんどお会いできなかった。以前の先生と再会することを冀《こいねが》う五年間であった。

塚本邦雄選歌集『眩暈祈禱書』（審美社）をひらくと、巻頭に、知られた極細の万年筆で、「われにふるるな」の文字がある。御本にサインを請うたことが一度だけあって、書いていただいたものである。

紅い天使の透かしが入った特製の用紙には、どれも聖書の物語を題材とした歌ばかりが刷られている。

「われにふるるな」
信仰はないが、文学として一通り聖書は読んでいたから、なにをさすのか分かった。イエス・キリストが復活した際、マグダラのマリアが駆け寄ろうとしたところ、「ノリ・メ・タンゲレ」すなわち「わたしにさわってはならない」と制したときの言葉である。
「ノリ・メ・タンゲレ」は鳳仙花の花言葉にもなっており、それは生った実に触れると即座に弾けるからだとか、鳳仙花をうたったこんな歌があるとか、著作で読んだことと、お会いして直接うかがったことが、境界もあやふやに、ひとつになって記憶にとけこんでいる。

いま、左記の言葉をあらためて見るとき、大学研究室の扉をたたき、歌を添削していただいたこと、選歌誌「玲瓏」や八尾西武百貨店の市民向け講座「夜鶯の会」へ参加したこと、ご自宅に招かれ、シャンソンに耳をかたむけたこと、大学を辞められる際に学生や卒業生が集まって記念誌「瀏喨」を制作したこと、ほほが落ちそうな御馳走の御相伴にあずかった思い出などが、次々に湧き上がってくる。

塚本文学の世界に一歩でも近づこうとあがき、格闘していた。

正確な割合は知らないが、キリスト教徒が総人口に占める数はかなり低いと思われるこの国で、信仰をもたず、聖書を物語として熟読し、独自に消化し、その物語に基づいて数々の作品を紡ぎ出された。

いまのところ最後の歌集である第二十四歌集の表題は、『約翰《ヨハネ》傳《でん》僞書《ぎしょ》』。

ヨハネとはイエスに愛された一人の若き弟子の名前で、偽書と断るところに、師と弟子の近くて遠い関係を暗示する。集中には「甘ったれのヨハネ」という歌もあり、この表題、がちがちの信者にはきっと眉をひそめられることだろう。

救世主をあがめるのではなく、一個人としての、ナザレの青年イエスに向き合われる姿勢は終生一貫していた。

この一対一の緊張感はやがて、昭和の終焉を迎える際に、かつての帝国の最高指導者へと向けられるに至る。

歌人はほんとうの敵をそこで自覚した。

ほかにおもふべきことあるに秋の夜の薨去の薨の夢のかけら　『不變律』（八八年）
臘梅はすでにほろびて新年のすめらみことがよちよちあるき　『波瀾』（八九年）
胡蝶花《しやが》みだれ伏すにはたづみ過ぎむとし一刹那國を憶ふこころ　『黄金律』（九一年）
而《しか》して再《ま》た日本のほろぶるを視む　曼珠沙華畷の火の手　『獻身』（九四年）
死して護國の鬼とはならざりし父の子のわれや亡國の歌人《うたびと》　『風雅默示錄』（九六年）
咳を殺してあゆむ靖國神社前あなたにはもう殺すもの無し　『汨羅變』（九七年）
百日紅くれなゐ褪せつ今日われら睨む炎上せざりける御所　『詩魂玲瓏』（九八年）
煙管《きせる》に詰める「撫子《なでしこ》」一つまみこれで畢《をは》る大日本帝國への戀　『約翰傳僞書《ヨハネでんぎしょ》』（〇一年）

昭和が平成に改まる前から、崩壊の予感と、終焉のあとの虚脱感が歌われていた。戦争への怒りと憎しみだけではなく、胡蝶花や撫子の歌のように、ときに戦争に魅かれ追憶にかたむく心情も吐露している。そのアンビバレンツな感情と屈折した韻律が、塚本短歌の多面性をよく表している。

　戦争の主題は処女歌集『水葬物語』からずっと持たれていたが、特にここ十年間は愛憎こもごもに、実に夥しい戦争詠がみられる。一日十首制作という愉しい拷問を自らに課されたのは「八十九年年頭」（『詩魂玲瓏』）、つまり昭和の終焉が契機になっていたという。面白いことに、その多作によって、語彙と文体はいっそうのひろがりを獲得し、多様な歌の主体、署名がなければ「塚本」とは特定しにくい「私」があらわれだす。

三十階空中樓閣より甘き聲す「モスクワが炎えてゐるよ」　『魔王』（九三年）
モネの僞《にせ》「睡蓮《すいれん》」のうしろがぼくんちの後架《こうか》ですそこをのいてください
皇帝ペンギンその後《ご》の日々《ひび》の行狀を告げよ帝國死者興信所　『獻身』
さういふなら君の兩掌《りやうて》でみどりごのくれなゐの耳ちぎつてごらん　『風雅默示録』
チョピンのピアノ協奏曲が聽きたしとつける藥のある莫迦娘　『約翰傳僞書』

　モスクワ炎上を告げるエンジェル・ヴォイス。厠へむかう少年の口調。皇帝ペンギンの自己パロディー。ロートレアモン的世界を軽い口語体にし、ショパンをチョピンと駄洒落のようにすり替える。

還暦を過ぎてから、大学教授に就任されている。そこで、自意識の「たが」が、「しっかり」はずれたのではないか。

およそ八百年前に爛熟をむかえた和歌のことば、ときにはそれ以前にさかのぼる語彙をそのまま駆使し、あざやかなヴィジョンを立ち上げてみせた数々の代表作はいちいち引用すまい。それら既に評価の定まった代表作をもって塚本短歌とする傾向は既にあり、これからもなくならないであろうが、全二十四歌集のうちの後半の歌群、さらにいえば平成以後の創作行為の持続と、作品の多彩さに注目すべきであると思う。

『水葬物語』のころから言葉遊びの要素は色濃くみられた。作品世界は皮肉と諧謔を毒でこき混ぜ、読者を常に刺戟し、ときに怒らせ、稀に涙ぐませ、あるときはくすくす笑いをもらさせる多面体であり続けた。

講義室や公開講座で、一字一句たりとも聞き漏らすまいと構え、みっちりと聴講した者としていえるのは、言葉の吸収力になみなみならぬものがあられたということ。大学教授に就任された後の歌集には、それまで控えめだった関西的といってもいい、ユーモア感覚が前面に打ち出される。若者やテレビからも言葉を貪欲に摂取し、語彙の拡大化をはかられた。知られた「皇帝ペンギン」の歌を、自ら茶化すかのような歌もそんな日常から創作されたのだろう。

短歌のみならず、映画や小説、ときにはテレビ番組にいたるまで、軽いもの平易なものがもてはやされるのをみるにつけ、「人生に対する怒りがない」と憤っておられた。学生相手の歌会でも、いっさい手を抜かれなかった。

難解でとおっている塚本短歌には、出入り口がたくさんある。たとえば先に引用した口語体の「くれなゐの耳」、みどりごの耳をちぎるという発想はロートレアモンの『マルドロールの歌』に源があったとおぼしい。読み流し、二、三日してあっと気づくことも稀ではない。本歌とされる資料は多岐にわたる。その中でも最大の源流は、やはり文語訳聖書であった。

先生は、自分の聖書理解はあくまでも一読者としての理解であって、信仰が欠けていることを著書で明言されている。

イエスが捕縛された時点から、弟子たちは右往左往した。

作品を敬して遠ざけ、歌人の生涯を神格化することはきっと望まれない。

残された作品を果敢に読みとく作業は容易ではないが、人生に対する怒りがある者には可能なはずだ。

「まづ言葉を捨てよ」――現代歌枕・夢前川

夢前川《ゆめさきがは》の岸に半夏《はんげ》の花ひらく生きたくばまづ言葉を捨てよ　　塚本邦雄『天變の書』

一九五一（昭和二十六）年出版の第一歌集『水葬物語』以降、塚本邦雄にとって短歌とは抒情のための〈歌〉に留まるものではなく、生き難い現実を漕ぎ渡るために試行される〈詩〉となっていた。

掲出歌の夢前川は播磨（兵庫県）にあり、姫路の北二十八キロに聳《そび》える雪彦山《せっぴこさん》を水源とする。歌人五十代後半の作であるが、塚本にとっては自分でその地を踏んだかどうかは問題にならない。創作の際に重要なのは、なによりも歌枕の名称自体であり、先行作品の詩想を生かすことであった。平安中期の歌人壬生忠見《みぶのただみ》の次のような歌をふまえている。

渡れどもぬるとはなしにわがみつる夢前川をたれに語らむ　　『忠見集』

夢の前にながれるという名の川を、忠見は実際の旅の途中に渡った。越えてはみたものの、浅く、袂が濡れる訳でも、一夜を明かすほどでもなかった（寝《ぬ》るは懸詞）。その淡い印象をどのようにすればひとに伝えられるだろうかと歌う。所在の明らかな現実の川でありながら、古歌では名の通り夢のあとさきのように微妙な存在感を持つ。これこそは塚本が理想とする歌枕であった。

「半夏」は夏至から十一日目、そろそろ梅雨の明ける時候を表す。「半夏の花」をどくだみ科の半夏生《はんげしょう》とし、その下半部が白い葉に「岸」同様、「境」としての象徴的意味を読み取るのも面白いが、歌人の念頭にはむしろ、さといも科半夏属の烏柄杓《からすびしゃく》（漢名・漢方で半夏）か大半夏《おおはんげ》があったのだろう。茎の上端で仏炎苞《ぶつえんほう》が特異なかたちをつくり、内側の花は目立たない。「ひらく」というのは作者独特の見方で、

水芭蕉ひらく姦雄列傳にDALIと花文字もて書き添ふる　『されど遊星』

という歌から、同じさといも科の水芭蕉を「ひらく」と見ていたことがわかる。あるかなきかの水辺の、ほとんど見えない花。すっくと立つ茎の上端から、花序付属体が鞭状になって伸びる。季節もひとも、青春から朱夏へとうつろうてゆく。世間で重んじられるのは、どうしても文学なる虚業ではなく実業の方だ。ほんとうに生きたければ言葉を捨てるべしという、強い、擬古文的な下の句は、別の生き方を望もうとしても、自分は言葉の世界に留まるしかないという覚悟に裏打ちされている。己の生き方を厳しく問う歌となった。

この歌からおよそ十年後、なお立ち迷うことがあると詠まれる。

夢前川夢に架かれる橋々の一つ知らねばわが歌成らず　『波瀾』

想像を絶した事件や出来事が日日続出している今日、夢前川を好む現代歌人はますます増えるのではないだろうか。

DOHC《ツイン・カム》エンジンうなりうばたまの夢前川《ゆめさきがは》をたちまち越えつ　高野公彦『淡青』

暗闇にまぎれた川と、内燃機関の震動の取り合わせの妙。この歌では、その場の感覚と、それを定着させようとする言葉のせめぎ合いが読み取れる。夢前川という歌枕は時空を跨《また》いで読者の眼前に流れ続ける。

人間の営みの記録

もはや、と思うことが多くなっている。二〇一一年三月以来の話だ。

危機感を持続させているひとと、まあ大丈夫だろうと高をくくっているひととの断絶が、いまなお広がり続けている。両極端の意見を挙げる。ネガティブな立場からは、今はまさに戦争状態であるといわれる。食品の暫定基準は核戦争時のレヴェルであると警告される。今後おびただしい健康被害が出るだろうとの予測が示される。

肯定的な立場からは、放射能で病気になるということの因果関係はそれほど明らかになっていませんとなだめられる。気にし過ぎているとかえってストレスがたまります。いつもニコニコしていたら大丈夫です……。

「公式発表」は訂正と書き換えを繰り返し、報道の信憑性や言葉の信頼性は揺れに揺れた。

六月には通称コンピューター監視法が可決成立し、翌月施行された。秋になるころ、(少なくとも私が読んでいる)ブロガー達がPCやブログ更新の不具合を訴えだした。海外に移住したひともいる。次に待ち構えているのは、秘密保全法制、共謀罪——。

大きなメディアの大きな数字の陰で、十一月十日、岩手の仮説住宅で独り暮らしをしていた女性の死がひっそりと報じられる。この国全体が一つの大きな仮説であったら、という思いが一瞬よぎる。

さらさらと砂場の砂を篩ふ子の首に掛かりて線量計は　青木空知「草藏」59号

「少なくとも砲弾《たま》で撃たれることはない」トモダチ作戦の若き米軍兵　布々岐敬子「THE TANKA 開放区」92号

放射性物質に汚染されている溝の雨水を猫が飲む鳥も飲む　齋藤芳生「短歌往来」10月号

花火草・相撲取草・猫じゃらし根太く災害のその後を育つ　関秀子「短歌往来」11月号

手元にあった歌誌から、機会詩として記録的意味合いの強い歌を引用した。砂場遊びをする子の首で揺れる線量計、米兵の呟き、汚染を知らずに水を飲む動物、植物の生育、歌われなければ誰も知らないまま見過ごされたものになる。特に一〜三首は、これが国内の出来事であるという点で改めてぎょっとする。映像で誰もが見た、あの黒い津波をこぞって詠んだ著名歌人の作品群にもみるべきものはあったが、まさに「作品群」としての印象ばかりが残り、ほとんど一首一首を個別に思い出すのは難しい。迷ったけれども書く、そしていかに歌うか、という意思と修辞のうるささがあった。引用歌は意見や見方をさしはさまないことで、より単純に記録的であり、潔い。といって感情が押し殺されているわけではなく、当然読者の心にうったえかける力を持つ。

ここで思い起こしたのは、第五福竜丸乗組員の被曝を契機につくられた『死の灰詩集』（昭和二十九年）である。日本の再軍備が危ぶまれる気運の中、歌集としてはすでに『平和歌集』や『広島』が編まれていた。ビキニ環礁での水爆実験が降らせた死の灰を発端とする核への危機感は、今日でも想像しにくいほど高まっていた。創刊二年目の角川「短歌」昭和三十年七月号は日本歌人クラブが公募した四百名からなる作品を「死の灰の歌」として特集。同号で鮎川信夫は『死の灰詩集』を酷評している。時事のニュースや噂を集合させた、非科学的な隠喩で書かれたものが大半で、直接漁師の犠牲を扱ったものはほぼ無い、戦前「バスに乗りおくれる」といった標語がはやったが、一斉に群れる詩人の態度はそれと同じことだ、とにべもない。

また、「死の灰の歌」について、同時に掲載された葛原繁の評は、ことの重大さに比して題詠やスローガンのようにお手軽に詠んでいるものがあまりにも多い、と厳しい。半端な向かい方は許されず、書くならば自分の全存在をかけて歌うべしという。特集の歌を読んでみると、雨および鮪を恐れる歌が目立つ。

放射能雨におびえつつゐる原子禍の救はるるなき暗き平和ぞ　京都　浅井嘉一郎

降ればビキニの雨か灰かと聞く子等よ貧しくて傘をもたぬ子も居る　東京　小熊てる

降りつづく雨よガイガーの計量をラヂオは告げをり眠りの前に　福岡　持田勝穂

子供等がままごと遊びにこの魚には放射能ありませんよと言ふ　山梨　望月棟一郎

ビキニ環礁を含むマーシャル諸島は、戦前は日本の統治領であった。そういった意識はほとんど出てこない。作品は確かに弱いかもしれない。が、当時のひとびとの気持ちや生活を雄弁に表していることはよく伝わる。いったい、雨や食品への恐れは「風評」だったのだろうか。

詩歌としての独立性や修辞力であるとか、日常の記録であるか創作になっているか否か、などを考えるとき、塚本邦雄の歌が何首も浮かび、表現者としての執念を感じるが、今は引用を控える。もはや、何を言っても遅すぎる。人間そのものが滅びかねない恐れの中では、書くこと自体に意義があると感じさせる力が作品にあればそれで良い。人間が確かにそこに生きていたという営みの、広義の記録として、短歌は亡びないだろう。

みそひともじ、火薬、羅針盤

朝《あした》に兄が亡くなり、夕《ゆうべ》に弟が逝く。二十歳をいくらも出ぬ弟であったが、その歌は千年以上を生きる。

生涯にたった一首だけを置き土産として地上から去ったひとがいる。

顔も知らぬまま歌の言葉に惚れ、作者に焦がれる、恋の物語がある。

古典に耳を澄ませば、確かに人間がそこに生きていたという証として、数々の歌の響きが聞こえてくる。

明日よりは志賀《しが》の花園まれにだに誰《たれ》かは問《と》はむ春のふる里　『藤原良経』

柿本人麻呂がよぎったときには既に荒廃しきっていた大津宮のあった近江。そこに咲く桜を、花の散ったあとの空漠とした時間にまで想いを馳せて、新古今時代を代表する歌人は愛惜した。

一方、血なまぐさい政争を目の当たりにしてきた若き鎌倉の将軍は歌う。

萩《はぎ》の花暮れぐれまでもありつるが月出《い》でて見るになきがはかなさ　『源実朝』

短歌というあまりにも短い詩が、長く愛されてきた根っこには、死者と命をはかなむという一人一人の心の傷みと動きがあったにちがいない。短詩型が持つ形式の力に加え、よき編者や紹介者の存在も大きい。

伝播され、変化し、繰り返される歌。歌の歴史はこの風土に生まれ生きたひとびとの営みの記録となった。

その昔、夏のあいだ蔵にひきこもって『国歌大観』を熟読した折口信夫（釋迢空）は、二十一代集の中で必ずしも評価の高くなかった玉葉集と風雅集にはみるべきところが大いにあると言ったそうだ。膨大な和歌を自力で読破し、独力で解析したからこそいえる言葉だった。

以後ないがしろにされていた両集の評価の流れが変わったという。国文学科ではなく西洋哲学科に籍を置いて東西の詩ばかり読んでいた私は、伝説の類としてそんな話に興味を持つ。和歌文学界と共同で、二〇一一年より笠間書院から『コレクション日本歌人選』（全六十巻）が刊行されている。このコレクションでいえば『伏見院』『永福門院』『京極為兼』『二条為氏と為世』『頓阿』『兼好法師』が、玉葉・風雅集の時代と重なってくる。皇統は持明院統と大覚寺統に分裂しており、京極派と二条派はそれぞれの側の勅撰集を編んだ。詞《ことば》にもまして心を重んじた京極為兼は宗教的に法相宗の唯識を信奉していたというくだりを読んで、はっとした。三島由紀夫晩年の四部作では、心の認識を絶対視する、その唯識思想が中核に置かれていたからである。三島は玉葉・風雅の永福門院を好んでいた。

かの司馬遼太郎もややこしいので書くのを避けたらしい南北朝の騒乱の後、応仁の乱に至って勅撰和歌集（二十一代集）の歴史は終わる。『古今和歌集』成立から二十一番目の『新続古今和歌集』まで五百三十四年かかったのだが、その後今日まで、さらに五百七十年以上の時間が流れている。連歌の隆盛に加え、読み捨てられていた狂歌が記録されるものとして歴史の上に浮上する。狂歌はまだまだ研究される余地がありそうだ。武士階級の興隆と和歌への参入、公式には採録されないがそれでも伝承されてきた歌謡。アイヌ神謡「ユーカラ」から奄美・沖縄の「おもろさうし」まで。『コレクション日本歌人選』は現代歌人がともすると見落とし、現代作家はほとんど省みない領域に目をひらかせてくれる。

大方の範囲をカバーしていた折口信夫はしかし本コレクションには並んでいない。写実のアララギ系からは齋藤茂吉一人が、戦後の反写実の騎手として塚本邦雄と夭逝した寺山修司の二名が入っている。好き嫌いを越えて、画期的なことだと思った。私は自分が師事していたからいうのではないが、長い目でみれば新古今集を重視した塚本邦雄が戦後短歌界で果たした役割は、到底無視できない。万葉集を「発見」した正岡子規が（短歌と俳句両方の選で）入っているのも面白いし、その子規が否定し去った桂園派の元祖香川景樹も顔を揃えている。

明治三十年代前半の正岡子規と、昭和二十年代の塚本邦雄、両者はおよそ半世紀を距てているが、ともに改革者の情熱と不安を体現している。

歌の歴史の「オセロ」ゲーム。

学生にも最良のガイドブックとなるだろう。

自分の書架にある読みやすい古典関連の本といえば、昭和四十年代に出ていた『カラー版現代語訳　日本の古典』（河出書房新社）があった。たとえば第十一巻の書名は『和泉式部・西行・定家』、訳者は和泉式部集＝竹西寛子、西行・山家集＝宮柊二、俊成・長秋詠藻＝大岡信、定家・拾遺愚草＝塚本邦雄、式子内親王集＝辻邦生、他。全二十五巻の執筆陣のうち右の書き手は当時はまだ若い方だったが、現代文学と古典を結ぶ水脈は保たれていたように見える。右に名を挙げた作家はみな戦前の生まれだった。水脈はどこで途切れたのだろう？


ちはやぶる賀茂の社の姫小松よろづ世経《ふ》とも色はかはらじ

アンソロジー等で親しんだ歌を、本コレクションで作者別に読み直すことを通して、各巻で強調される歌人と時代の接点、作歌の契機となった折節の重要な出来事等にふれられたことはありがたかった。

右に引用したのは古今集巻第二十の「大歌所御歌」に採録される末尾の歌で、初めて賀茂の（冬の）臨時祭が催されたときにつくられた歌とされる。なぜ二十巻千百首の締めくくりが賀茂の祭で、しかも臨時のものなのか、以前から漠然と不思議に思っていた。やや詳しい註をみても、判然としない。

私は、二〇一一年三月十一日以降の出来事に言葉を失い、半年ほどは何もできなかった。半年後にやっとエッセイを書いた際、古今集をとりあげた。そこにある言葉が、もっとも自分の心にひびいたからである。

巻頭の一首は春の寿《ことほ》ぎであるが、自然の運行と人事とのあいだに生じるずれに対する畏《おそ》れもみようとした。言葉が天地を動かせるということは、逆にいえば荒ぶるものを鎮める力がそなわっているということになる。古今集編纂の時期も、世は平らかではなかった。

集には、平安京の安泰と永続の祈願がこもっていたように思える。都造営以前から土地を統べていた賀茂氏への配慮は、その故ではなかったか。引用した巻軸の一首の文言の半分は、葵祭で奉納される「東遊《あずまあそび》」の一節がそのまますされている。

求子歌

千早ふる　加茂の社の姫小松
あはれれん　れれんやれれんや
れれんやれれん　あはれの姫小松

平安京遷都後「勅祭」として七百年ちかく続いた葵祭も、十六世紀のはじめに中断し、その後二百年ものあいだ絶えていた。元禄七年に再興したが、明治に入ってからも、二転三転あった。現在のかたちに整いだしたのは昭和二十八年のこと。斎王にいたっては、承久の乱の後にはもう絶えていたらしい。それほどの、断絶があった。もちろん賀茂氏による儀礼は連綿と継続してきているのだろう。

自分が生まれたときからあるものは、ずっと存続してきたように思えるものだが、遠近法を見誤ってはいけない。歌の形式が千数百年以上を耐えたと口頭では言えても、はかりしれない紆余曲折があるのだ。

——生ある者にとって、不死にもみえる歌とは、何なのか。

死出《しで》の山越えて来《き》つらむ時鳥《ほととぎす》恋しき人の上《うへ》語らなむ　『伊勢』
暁のゆふつけ鳥《どり》ぞあはれなるながき眠《ねぶ》りをおもふ枕に　『式子内親王』
五月雨《さみだれ》の闇《やみ》はすぎにき夕月夜《ゆふづくよ》ほのかに出でむ山の端《は》を待て　『相模』
夕立《ゆふだち》の雲も残らず空晴れて簾《すだれ》をのぼる宵《よひ》の月影　『永福門院』

本コレクションから四首を挙げた。四人の生きていた時間は全く重ならない。亡き皇子に語りかけるほととぎすの哀傷歌と、世が騒がしいときに御祓いに使われたという鶏のあわれを思う歌の間、およそ三百年。また、五月雨の後恋人に呼びかけて待たれる夕月と、簾越しにのぼる雨上がりの冴えた月光の間も、ざっと三百年のときを距てるが、そんな計算がなんであろうか。歌の言葉だけをたどって読んでも、感情の動きや月光のさやけさがたちどころに思い浮かぶ。

みな、「ながき眠り」（無明長夜）をねむっていた。

永承七（一〇五二）年、一万年続く救済のない末法に入ったという平安後期以来の中世の底なしの無常感は、明るすぎる今日ではほんとうにはわからなくなってしまっているだろうけれども。

時間といえば、核廃棄物の最終処分場に地球規模で頭を悩ませなければならない時代、弥勒菩薩信仰が待つ何十億年という時が絵空事とは思えなくなる。

生の時間を泳ぎきるために文芸があるのだとすれば——。

歌は心の火薬、魂の羅針盤。

カルタのように、コレクションを並べてみる。

ディズニー映画の海賊ジャック・スパロウの遠眼鏡《とおめがね》のように、各巻を伸縮自在に使うこと。寺山修司が生きていればそんな比喩を語ってくれそうだ。

大まかな地図を頭に入れたうえで、好きに混ぜてみるがいい。シャッフルせよ。うつくしい言葉が、歌が、あなたを待っている。

初出一覧

I　詩歌の庭

四季と恋のゆくえ　東京・中日新聞 二〇一一年九月十三日
グレー一色　東京・中日新聞 二〇〇九年四月二十二日
甲子園の今、大阪球場はいま　群像 二〇〇三年十二月号
建物の死、ひとの終わり——生きている歌謡
中日新聞 二〇〇五年十月二十五日
イエスと釈迦、その父と母　講談社「本」二〇〇二年二月号
失われた世代の一人として
立命館大学「文学部80周年記念誌」二〇〇七年八月
カ行変格活用　神戸新聞 二〇〇六年三月一日
スウィーツ、ケ・セラ・セラ　群像 二〇一〇年四月号
神戸新聞文芸「小説」新選者就任の弁
神戸新聞 二〇一一年八月二十日

II　旅と書物

欧州放浪中の出会い——コソヴォ難民とセルビア人疎開者
産経新聞 二〇〇〇年八月九日
バルカン遁走曲　青春と読書 二〇〇〇年一月号
マルコ・ポーロはクロアチア人か
青春と読書 二〇〇〇年八月号
マルコ・ポーロと演劇　週刊小説 二〇〇〇年9・22 No.18
遺跡から廃墟へ、廃墟から遺跡への旅
新潮 二〇〇〇年十月号
ルンタ、ジンガロ、バルタバス　すばる 二〇〇五年七月号
白い馬、黒い馬　玲瓏六十八号 二〇〇七年九月
馬のイデア
日本ウマ科学会「Hippophile」No.51 二〇一三年一月
スタシスの宝石箱——スタシス・エイドリゲヴィチウス訪問記　すばる 二〇〇三年八月号
和平への祈り——エンキ・ビラルの「モンスター四部作」を読んで　すばる 二〇〇八年三月号
さいごは言葉ではなく——「フルスタリョフ、車を！」映画評　読売新聞 二〇〇〇年九月七日
北京・護国寺界隈　群像 二〇〇六年八月号
洞爺丸事故　神戸新聞 二〇〇六年四月十六日
タバコ、ヘロイン、アプサント　すばる 二〇〇四年七月号
忘れられた遊女たち

文芸家協会ニュース　NO.639　二〇〇四年十一月
裏谷崎　ユリイカ　二〇〇三年五月号
遅すぎる愛などない――ガルシア＝マルケス全小説集
新潮　二〇〇六年十二月号
ほんとうの声――ハードでヘヴィーな翻訳小説
課外活動のさらなる外へ――島内景二著『中島敦「山月記伝説」の真実』　玲瓏七十五号　二〇一〇年一月
戦いの谷間で――菱川善夫著作集②『塚本邦雄の生誕　水葬物語全講義』　玲瓏六十七号　二〇〇七年五月
のちに来るもの――セレクション歌人『尾崎まゆみ集』
玲瓏五十九号　二〇〇四年九月
聖書を文学として読む――笠原芳光著『増補改訂　塚本邦雄論　逆信仰の歌』
神戸新聞　二〇一一年十二月二十五日
扇のかなめ――塚本邦雄の小説
玲瓏五十号　二〇〇一年九月
本のにおい――アレクサンドリア図書館の炎上からオクタビオ・パスの書斎火災まで、いかに多くの書物が失われたか　すばる　二〇一一年四月号

Ⅲ　閉じられないままの括弧

次の百年のために
「古典のすすめ」岩波文庫　二〇一二年五月
ガラス戸と蔵――正岡子規の短歌を読む
歌壇　二〇一三年九月号
与謝野鉄幹とは誰だったのか
神戸新聞　二〇〇六年三月十六日
その焔の何んとうつくしからむ――前川佐美雄のヴィジョン　短歌往来　二〇一〇年八月号
星と鳥の来歴――山中智恵子初期歌篇
現代短歌を読む会編『山中智恵子論集』　二〇一三年三月
「語割れ・句割れ・句またがり」考
短歌往来　二〇一一年四月号、六月号
日本語によるソネット「虚無の春」
玲瓏四十号　一九九八年一月
閉じられないままの括弧　すばる　二〇〇九年四月号
青春という逆説　京都新聞　二〇〇九年三月十二日
塚本邦雄における「私」　朝日新聞　二〇一〇年十月四日
塚本短歌の重層性　文學界　二〇〇五年十月号
追悼歌を詠むということ　産経新聞　二〇〇五年九月八日
塚本短歌の多面性　短歌研究　二〇〇五年十月号
「まず言葉を捨てよ」――現代歌枕・夢前川
短歌研究　二〇一二年六月号
人間の営みの記録　井泉四十四号　二〇一二年三月
みそひともじ、火薬、羅針盤
「リポート笠間」No.53　二〇一二年十一月

後記

大釜の中に五穀のむせび泣くあひだも弥勒化してゐる世界

『神庭の瀧』（二〇一〇年十月　ながらみ書房）

ここに編んださささやかな集は、主として商業誌で作家としてデビューして以降十数年間に発表したものから主だったものを拾ったものである。媒体は文芸誌、短歌総合誌、新聞、ＰＲ誌等になるが、内容にはウェブ上で一定期間公開したものも含む。いずれも編集の段階で加筆をした。よろずにつけ、黒白《こくびゃく》をつけ難い事象が多くなっている。冷戦時代崩壊後はフィクションにおいても、複雑な現実に応じて時にだれがだれと闘っているのか見分けにくくなるように、単純な二者択一はなんら有効ではなく、自分はぶれないつもりでいても大局から見れば不穏な潮流にのまれているかもしれない。いわばグレーの圏内にて生活しているとの思いが強まる。今後はグレーの戦後史、グレーの短歌史、グレーの芸術史が書かれてもよいだろう。

３・11から１・17へ、という副題について、時間的には一九九五年の震災の方が早いのだから、逆ではないかといわれるかもしれない。現在から過去を振りかえる目は、どこかで過去から現在（未来）を見ていた視線と交錯するものだと思う。私は物的には被災はしていないけれども、あの日々の惨状は心中から除けられないままだ。関西で生活をしているとそれは人間関係の一部となっている。記号化された日付には私も大きな違和を感じる一人であるが、敢えて使用した。どういう想いがあるかは各文の内容で判断してほしい。

eメイルがいつのまにか単なるメールと呼びならわされているように、eブックが紙の本に取って代わる日は、そう遠くないのかもしれない。それにしても目次をながめていると、なんと殺伐とした言葉がならんでいることだろう。大学卒業とともに就職氷河期が始まり、失われた十年とも二十年ともいわれる、平成年間に成人となった世代だ。私が在学中から詩歌にのめりこんだのは、殺風景な世にあってなお言葉の力だけは信じていたからかもしれない。言葉はときにあらぶる神となって若い肉体を苛み、またあるときはやわらぎの心を見せて一瞬の雅《みやび》をあたえてくれた。各章で詩歌に関連する記述が隠顕するのは、私にとっての文芸が、ここからここまではこのジャンルという具合に明確に線がひけない沃野（フィールド）であるからだ。私の放浪期間は短くない。過去に発表した作品は、認識の産物のみならず、行動の結果もいくばくかは含んでいると思いたい。

今日、言葉は、ほんとうに届いてほしい人の心の深層にまで届いていない、もはや私の役割は残っていないのかもしれないという実感を久しうする。今回このように本をまとめる決心がついたのは、癌と闘病中の母の言葉に後押しされてのこと。だいそれた夢を抱いたことはなかった。健康で文化的な生活。一人一人が本気で望むのでなければ、ほんとうには得難いものであることをつくづく身にしみて感じている。

二〇一三（平成二十五）年十二月二十五日　　著者

検印
省略

平成二十六年四月十一日　印刷発行

グレーの時代
3・11から1・17へ

定価　本体二五〇〇円（税別）

著者　楠《くす》見《み》朋《とも》彦《ひこ》
発行者　堀山和子
発行所　短歌研究社
郵便番号一一二―〇〇一三
東京都文京区音羽一―一七―一四　音羽YKビル
電話〇三（三九四四）四八二二・四八三三
振替〇〇一九〇―九―二四三七五番

印刷者　豊国印刷
製本者　牧製本

ISBN 978-4-86272-403-8　C0095　¥2500E